Amanda Cinelli

UNIÃO AVASSALADORA

Tradução
Gracinda Vasconcelos

HARLEQUIN®

2017

Título original: THE SECRET TO MARRYING MARCHESI

Originalmente publicado em 2016 por Mills & Boon Modern Romance

Publisher: Omar de Souza
Gerente editorial: Livia Rosa
Assistente editorial: Tábata Mendes
Editora: Juliana Nóvoa
Estagiária: Caroline Netto

Arte-final de capa:
Isabelle Paiva

Editoração Eletrônica:
ABREU'S SYSTEM

Impressão:
RR DONNELLEY
www.rrdonnelley.com.br

Distribuição para bancas de jornais e revistas de todo o Brasil:
Dinap Ltda. – Distribuidora Nacional de Publicações
Rua Dr. Kenkiti Shimomoto, nº 1678
CEP 06045-390 – Osasco – SP

Editora HR Ltda.
Rua Nova Jerusalém, 345
Bonsucesso, Rio de Janeiro, RJ – 21042-235

Contato:
virginia.rivera@harlequinbooks.com.br

Querida leitora,

Quando os *paparazzi* aparecem a sua porta, Nicole Duvalle é arremessada de volta aos holofotes dos quais tentou fugir. Com o motivo de seu desaparecimento agora público, ela não tem escolha além de recorrer ao homem que jurou nunca mais ver: Rigo Marchesi, pai de seu filho! Com o maior acordo de sua vida em jogo, o poderoso Rigo fará o que for preciso para dar um fim a esse escândalo… até mesmo transformar Nicole em sua esposa!

Boa leitura!
Equipe Editorial Harlequin Books

– Isto não é um jogo, Nicole. – Sua voz assumiu um tom perigoso. – Deixei claro na última vez que nos encontramos que não sou um homem para ser provocado.

– Eu teria ficado muito feliz se nunca mais pusesse os olhos em você. Seu ego é tão grande que não sei como consegue se levantar da cama de manhã. – Ela estreitou o olhar, a raiva que sentia, por fim, subindo à superfície.

Rigo deu um passo adiante, um meio-sorriso suavizando suas feições austeras.

– Que interessante. Até agora conheci a Nicole sedutora e inocente, seguida da Nicole donzela em perigo. – Ele franziu o cenho. – Mas acho que esta versão "veementemente irritada" é a minha favorita.

Nicole estava sem palavras. O modo como a fitava, com os olhos repletos de desdém, causava-lhe arrepios na nuca. Como pôde imaginar que ele experimentou algo semelhante ao que ela sentiu naquela noite? Parecia um completo estranho agora. Era absurdo pensar que houve romantismo entre os dois. A dura realidade era que não passavam de duas pessoas que fizeram sexo.

Como fora ingênua.

– Rigo, você está ameaçando me processar por causa de fofocas sobre as quais não tenho nenhum controle.

– Então por que não tentou negar o que aconteceu?

– Meu silêncio é o máximo que vai conseguir. Não falarei mais com a imprensa.

– Você fará uma declaração pública, dizendo que a criança não é minha, Nicole.

CAPÍTULO 1

Ela sem dúvida estava sendo seguida.

Nicole segurou a alça do carrinho de bebê com mais força e apertou o passo. O mesmo jipe preto passara por ela três vezes, desde que começou a fazer sua caminhada matinal pela aldeia. No interior, havia dois homens usando óculos escuros, que não disfarçavam o fato de a estarem observando. Quando o veículo reduziu a velocidade e parou por completo a uma curta distância atrás dela, uma familiar pontada de terror comprimiu-lhe a garganta.

A alameda de paralelepípedos que levava à sua casa ainda estava escorregadia por causa da leve garoa de abril. Suas sapatilhas raspavam contra as pedras. O ar entrava e saía dos pulmões com dificuldade. Um grito alegre soou de dentro do casulo de cobertores cor-de-rosa, enquanto o carrinho de bebê saltava e sacolejava. Nicole esforçou-se e sorriu para a filha com os lábios contraídos, convocando uma calma interior que não tinha certeza de que possuía. Estavam quase chegando em casa. Entraria, trancaria a porta e tudo ficaria bem.

Quando virou a última curva que levava à La Petite, desacelerou o passo e parou. Junto aos portões havia inúmeros veículos, e uma fila com outros tantos mais acima. Um batalhão de fotógrafos a aguardava, com suas câmeras penduradas nos pescoços. Nicole sentiu um zumbido nos ouvidos, quando sua pressão arterial de imediato disparou.

Eles a haviam encontrado.

Pensando rápido, tirou o agasalho leve e colocou-o sobre o capô do carrinho. A multidão aproximou-se depressa, formando um círculo ao seu redor. As câmeras começaram a espocar. Ela manteve a cabeça baixa. Tinha a sensação que os pulmões iam estourar, enquanto tentava seguir em frente. O círculo parecia se fechar mais e mais ao seu redor. Pelo visto, o fato de haver um bebê não fazia diferença alguma para a definição de *espaço pessoal* dos *paparazzi*.

Um homem deu um passo à frente, bloqueando sua passagem.

– Ora, vamos, apenas uma foto rápida da criança, srta. Duvalle – disse ele com um sorriso cortante e perigoso. – Você a manteve muito bem escondida, não é?

Nicole mordeu o lábio inferior. O melhor a fazer era se manter calada. Não diria uma palavra e rezaria para que fossem embora. O som dissonante e repentino de uma buzina de carro era o que ela precisava, quando o jipe preto apareceu na rua, atrás dela. O veículo avançou na direção dos fotógrafos, obrigando-os a se dispersarem. Aproveitando a distração, ela se moveu o mais rápido que pôde, caminhando apressada através da multidão.

Pareceu levar uma eternidade até cruzar o portão de entrada da propriedade. Os fotógrafos não podiam entrar ali sem infringir a lei, mas não era tão ingênua a ponto de pensar que estava fora do alcance deles.

Jamais voltaria a ter privacidade naquele lugar. O pensamento trouxe um soluço de choque à sua garganta.

Resistiu ao impulso de olhar por sobre o ombro e se concentrou em pegar as chaves na bolsa com as mãos trêmulas. Uma vez no interior da casa, fechou o trinco e pegou Anna nos braços. O perfume da roupa de algodão da filha acalmou seus nervos, proporcionando-lhe um pequeno momento de alívio em meio à névoa de pânico. O sol se infiltrava através das janelas, iluminando a sala e enchendo o espaço de luz. Os cintilantes olhos azuis da menina pareciam sorrir para ela, tão calmos e alheios à situação.

Precisava saber o que estava acontecendo. *E logo.* Gentilmente colocou a filha em uma esteira macia cercada de brinquedos e, em seguida, começou a trabalhar. Não foi uma tarefa fácil ligar o velho computador que viera junto com a propriedade. Uma de suas primeiras resoluções ao se mudar de Londres para a área rural francesa foi jogar fora o smartphone e parar de acompanhar as notícias do *showbiz*. Mesmo assim, fazia questão de manter um telefone carregado no caso de alguma emergência, pois era tudo de que precisava.

Parecia que haviam se passado horas, antes que ela pudesse, por fim, digitar algumas palavras-chave na ferramenta de busca da tela empoeirada. E de imediato desejou não tê-lo feito.

"Encontrado o filho da amante secreta do bilionário Marchesi!"

Ao ver as palavras em preto e branco estampadas na tela, Nicole foi dominada pelo pavor. Leu algumas linhas da entrevista anônima, antes de se afastar do computador, desgostosa. Sua vida seria sempre um entretenimento sórdido para as massas? Mordeu o lábio com força e envolveu o rosto entre as mãos. Não ia chorar.

Aquilo não podia estar acontecendo ali. A pequena aldeia de L'Annique fora seu santuário por mais de um ano. Gostava dos vizinhos e da atmosfera tranquila, quase monótona. Ao contrário de Londres, onde seu nome era sinônimo de escândalo, ali vivia livre para criar a filha em paz. E agora aquela aldeia tranquila seria assolada pela tempestade de sua vida pregressa.

Cada centavo ganho com a venda da casa na cidade de Londres foi canalizado para lhe proporcionar um recomeço. Sair dali para viver em outro lugar a levaria à falência. E se fugisse, na certa eles a perseguiriam. Não tinha o tipo de poder necessário para proteger a filha da mídia.

Conhecia apenas uma pessoa com poderes para tal. Mas o homem em quem estava pensando não lidava bem com fofocas dos tabloides. Rigo Marchesi sequer *pensaria* em tentar ajudá-la. Era uma surpresa o fato de a mídia ousar aborrecê-lo, a despeito do poderoso nome de sua família. Por sorte, ele contava com uma equipe de assessores de imprensa para cuidar desses assuntos. Seria deixada sozinha, mais uma vez, para se recompor emocionalmente e arcar com as consequências.

Nicole abriu as cortinas para olhar a multidão e franziu a testa ao ver os homens e suas câmeras sendo afastados do portão. Duas viaturas de polícia haviam chegado e, naquele momento, os oficiais dispersavam as pessoas e os veículos rua abaixo.

Um segundo jipe preto, com vidros fumê, estacionou junto ao primeiro. Alguns homens trajando ternos escuros desceram do veículo. Nicole sentiu a respiração reduzir a um ritmo perigoso, ao avistar o último homem que deixou o carro. Era alto, usava um terno elegante e óculos escuros. Ela mordeu o lábio inferior com força quando ele, por fim, virou-se de frente e retirou os óculos. Um momento de silêncio absoluto se passou antes que ela exalasse o ar em um lento sibilar.

Não era ele.

Por um momento pensou... Bem, não importava o que ela havia pensado. Naquele instante, o homem alto se dirigia à porta da frente.

Nicole afastou o cabelo para atrás das orelhas, clareou a garganta e abriu o trinco, de modo que pudesse examinar o estranho imponente, à distância confortável de meio metro. Algo nele parecia vagamente familiar.

– Srta. Duvalle? – O homem tinha um olhar de falcão e falava em Inglês, embora com um forte sotaque italiano. – Meu nome é Alberto Santi. Trabalho para o *signor* Marchesi.

Nicole sentiu uma fria pontada de humilhação com a lembrança. Aquele era o homem que fazia todos os trabalhos que Rigo não se rebaixava a fazer. Seu olhar de desaprovação era o mesmo daquela noite, quando a conduziu por um salão lotado, para longe do riso zombeteiro de seu patrão.

– Estou aqui para ajudá-la.

– Você tem a audácia de aparecer à minha porta. – Ela fez um gesto negativo com a cabeça, movendo-se para fechar a corrente do trinco, mas o homem bloqueou a porta com um dos pés.

– Tenho ordens para levá-la sob a proteção do Grupo Marchesi.

– Não recebo ordens de Rigo Marchesi. – Ela cruzou os braços sobre o peito. Sabia de quem eram aquelas ordens. Sabia o tipo de poder implacável que estava confrontando.

– Talvez eu tenha me expressado mal. – O homem forçou um sorriso aos lábios finos. – Fui enviado para lhe oferecer assistência. Posso entrar para que possamos conversar em particular?

Nicole refletiu por um momento. Não tinha muitas opções. Talvez ele pudesse proporcionar algum tipo de proteção para ela e a filha. Afastou-se alguns passos, soltou a corrente do trinco e fez sinal para ele entrar.

O homem entrou e olhou ao redor com um olhar de desaprovação.

– Srta. Duvalle, minha equipe já limpou a área, como pode ver. – Ele gesticulou para os homens que montavam guarda no portão de entrada da propriedade. – Preferimos que não mantenha mais contato com o pessoal da imprensa, até que tenhamos chance de resolver o assunto em particular.

– É meio difícil, considerando que eles estão acampados na minha porta.

– E é por este motivo que estou aqui. Realizamos uma reunião em Paris, para tratarmos desta... situação. Se optar por cooperar lhe ofereceremos toda a assistência possível.

O modo como aquele homem disse "desta situação" soava como se fosse um incômodo. Um pequeno infortúnio na impecável agenda de trabalho do império de moda Marchesi. Aquelas pessoas sequer pensavam no fato de que toda a sua vida havia sido abalada, pela segunda vez, em menos de dois anos.

– Não tenho nenhum controle sobre esta *situação*, sr. Santi, como pôde ver. Então duvido que eu possa ajudar alguém a resolvê-la. Tudo o que preciso é manter a minha filha afastada desta confusão.

– A mídia não vai ceder, você sabe disso. Por certo, espera chamar atenção, certo?

– Por que diabos eu esperaria isso?

Alberto deu de ombros e desviou o olhar, deixando claro o que pretendia dizer. Nicole experimentou um frio sentimento de vergonha. O mesmo que sentiu na última vez que aquele homem lhe passou uma mensagem do chefe. Meneou a cabeça, desgostosa. É *claro*, Rigo podia pensar que ela vendeu a notícia sobre a filha aos tabloides. Afinal, ela era filha de Goldie Duvalle.

Banindo a mágoa e a raiva, forçou-se a falar.

– Apenas um esclarecimento, se eu me recusar a acompanhá-lo, a polícia vai proteger a minha privacidade?

– Receio que não.

Bem, era o que ela imaginava. Nicole sentiu um arrepio nos braços. Era óbvio que estava recebendo um ultimato. Entrar no carro e fazer um acordo com o diabo ou ficar prisioneira em sua casa, enquanto os abutres circulavam.

Claro, sempre havia a hipótese de partir e encontrar um lugar novo para viver. Mas com tanta atenção sobre as duas, ela e Anna jamais poderiam levar uma vida normal novamente. A mídia ainda não conseguira uma fotografia nítida de sua filha, mas isso não tardaria a acontecer. E com o escândalo envolvendo o nome de seus pais, a reputação da menina seria afetada.

Conhecia bem aquele tipo de vida. Havia passado por isso. E jamais deixaria que a filha passasse pelo mesmo. Mas seria capaz de garantir a privacidade de Anna com aquele escândalo envolvendo as duas? Não dispunha de poder financeiro para controlar a mídia, para evitar que o rosto inocente da filha estampasse as primeiras páginas dos tabloides.

Anna era pequena demais para ter ciência do drama que se desenrolava à sua volta. Mas Nicole sabia melhor do que ninguém que a consciência viria com a idade. Lembranças da própria infância ameaçaram vir à tona. Quase podia sentir a pressão sufocante e familiar para se apresentar em público.

Meneou a cabeça e caminhou até a janela mais uma vez. O pensamento daqueles homens lá fora, lutando uns com os outros para tirar fotografias de sua filha e vender para quem pagasse mais, despertou algo profundo e primitivo em seu interior. Fora exatamente por esse motivo que ela resolvera mudar de vida.

Não queria a ajuda de Rigo, mas não era tão teimosa a ponto de não reconhecer que precisava dele, desesperadamente. Sabia que ele ia querer aquele episódio esquecido tão logo fosse possível. Afinal, havia deixado sua posição sobre a paternidade bem clara uma vez.

Estava decidido, iria para Paris. Sacrificaria seu orgulho e lhe pediria ajuda. A história seria silenciada e todos poderiam voltar à normalidade.

A SEDE europeia do grupo Marchesi era uma gigantesca torre de cromo e vidro no coração de Paris. Um prédio relativamente novo, e sua aquisição fora uma das primeiras alterações na grife de moda histórica da família que Rigo Marchesi fez ao assumir o cargo de presidente, cinco anos antes.

Houve certa indignação quando ele mudou a sede de Milão para Paris. Mas Rigo tinha planos para o futuro da empresa, e esses planos incluíam mudanças.

Familiarizar-se com o mundo empresarial moderno, juntamente com suas habilidades de negociação e reputação confiável tornaram-no o grande líder que era. Suas escolhas pouco convencionais já haviam gerado lucros e o nome da família foi restaurado após o declínio dos negócios, durante a década anterior à sua ascensão ao cargo.

Grandes líderes jamais eram pegos de surpresa. Rigo olhou para a tela do computador, enquanto mexia uma colher de adoçante orgânico em seu duplo expresso. Grandes líderes não eram emboscados por um escândalo que, pelo visto, já figurava na internet há várias horas. Acima de tudo, grandes líderes não queriam ser difamados pela mídia mundial, a poucas semanas de fechar o maior negócio da história de sua empresa.

Bebendo o café quente de um só gole, ergueu-se e caminhou até a janela.

Nicole Duvalle fora uma aventura de uma noite. Um momento de delírio, que de alguma forma driblou seu julgamento normalmente tão cristalino. O que não era do seu feitio. Em geral procurava saber se as mulheres que levava para a cama tinham carreiras que as mantinham ocupadas a maior parte do tempo, da mesma forma que ele. Era seletivo em seus casos e não dispunha de tempo para o tipo de mulher que se sentia simplesmente atraída por seu patrimônio líquido.

No entanto, no que se referia a Nicole sua lógica havia falhado. Viu-se cativo da atração cega que surgiu entre os dois e mandara as consequências para ao inferno.

Bem, ali estavam as consequências e a srta. Duvalle não fazia ideia do que havia começado.

Rigo virou-se quando a porta de vidro do escritório se abriu e Alberto entrou. Seu braço direito parecia amarrotado e em nada lembrava a impecável aparência habitual.

– Espero que seu dia tenha transcorrido de acordo com o planejado. – Rigo ergueu uma sobrancelha de modo interrogativo.

– Ela saiu a menos de cinco minutos. – Alberto exalou o ar com força. – Fizeram a proposta e ela recusou na hora.

Rigo recostou-se na escrivaninha e ficou em silêncio por alguns momentos. Estaria mentindo se dissesse que não esperava aquele resultado. Se Nicole fosse tão ávida por dinheiro quanto a mãe, dificilmente aceitaria a primeira quantia que lhe oferecessem. Ele apenas mandou lhe oferecer dinheiro para resolver a questão o mais breve possível, longe dos tribunais.

A parceria que negociava com a famosa joalheria francesa, Fournier, finalmente estava em andamento. A princípio, a empresa de sua família se mostrou relutante em relação à fusão com tão grande corporação, e foram necessários meses para chegarem àquele ponto. Frustrado, Rigo rangeu os dentes, sentindo a mandíbula enrijecer. Como podia uma simples entrevista causar tanta confusão?

Já havia sido informado sobre a perda de alguns acionistas e sobre os rumores que circulavam entre os membros da diretoria. Seu falecido avô deixou uma mancha negra no nome Marchesi que quase fez a marca de 85 anos de idade falir. Depois do trabalho incansável de seu pai para reerguer os negócios, em hipótese alguma ele permitiria que aquele episódio os afetasse.

Se seus acionistas estavam nervosos, tinha certeza de que os Fournier deviam estar mais nervosos ainda. E não os culpava por isso. Oitenta por cento do seu mercado era do sexo feminino. Um novo presidente que havia, aparentemente, deixado a namorada grávida na rua da amargura era ruim para os negócios.

Mesmo sendo uma mentira descarada proferida por uma implacável caçadora de fortuna.

– Onde ela está agora? – perguntou Rigo.

Alberto pareceu desconfortável por um momento.

– A criança precisava dormir, então eu a hospedei em um dos apartamentos da empresa, na Avenue Montaigne.

– Ela rejeita a proposta e você no minuto seguinte a aloja em acomodações de luxo? – Ele ergueu uma sobrancelha. – Alberto, você é um coração mole.

– Não podíamos arriscar que a imprensa descobrisse onde ela estava – argumentou Alberto depressa.

– Esqueça. Vou resolver este problema pessoalmente – vociferou Rigo, pegando o paletó.

Estava na hora de reforçar o que, pelo visto, não havia deixado claro o suficiente para Nicole na última vez.

IGNORANDO A queimação desconfortável no estômago, Nicole jogou metade da refeição no lixo e bebeu um copo pequeno de vinho branco. Precisava relaxar e se livrar daquele nervosismo para poder formular um plano. Um plano que *não* envolvesse ficar escondida em um edifício de luxo como uma princesa indefesa e amedrontada.

Caminhou até a janela e contemplou as luzes de Paris cintilando na penumbra.

Sua antiga vida fora plena de noites como aquela, bebendo vinho e contemplando as luzes de inúmeras belas cidades. Mas nenhuma jamais a fez se sentir em casa, nem mesmo Londres. "Casa" era o que estava tentando criar em L'Annique. Um lugar sólido, estável, em que Anna pudesse crescer, ir à escola, dar seu primeiro beijo. E, em vez disso, foram obrigadas a fugir, a aceitar a ajuda de um homem a quem ela prometera a si mesma jamais pedir ajuda, não importava o quanto a situação se tornasse difícil.

Nicole afundou no sofá de camurça e fechou os olhos. Tinha levado mais de uma hora para fazer Anna dormir, longe de sua rotina habitual. Precisava se recompor. Afinal, diziam que as crianças costumavam sentir a ansiedade da mãe. Sua vida havia desmoronado e ela só podia culpar a si própria.

Tomou um longo gole de vinho e olhou ansiosa pela janela para a rua escura abaixo. Alberto assegurara-lhe que ali teriam privacidade, estariam a salvo da imprensa, até chegarem a um acordo. E era tudo o que Nicole precisava no momento, até descobrir quais seriam suas opções.

O apartamento de luxo ficava no terceiro andar de um edifício exclusivo, não muito distante dos Champs-Elysées. Decorado em um estilo minimalista, com paredes brancas, era pouco adequado para uma criança.

Para ser sincera, ela não sabia que diabos lhe deu na cabeça para concordar em vir para ali. Era óbvio que queriam lhe oferecer dinheiro, pensou irritada, enquanto retirava os sapatos. Esperava ser recebida com algum pedido de silêncio, mas não queria uma quantia vultuosa em troca de suas mentiras. Precisava de ajuda, mas o negócio proposto tinha um preço muito alto a pagar.

Mal havia pensado em Rigo nas semanas que antecederam toda aquela confusão. O que não era fácil, uma vez que olhava os olhos azul-cobalto da filha todos os dias. Fazia mais de um ano desde que fitara os olhos azuis idênticos de seu amante de uma noite.

Talvez, em algum nível, esperasse que ele aparecesse lá naquele dia. Não sabia se teria sido capaz de ficar tão calma, caso isso acontecesse.

Naquele instante, ouviu uma batida na porta do apartamento. Nicole ergueu-se devagar. Alberto garantiu-lhe que ninguém saberia onde ela estava, exceto ele... e o chefe.

– Quem é? – Parada em frente à porta fechada, sentiu o coração disparar dentro do peito.

– Você sabe quem é, Nicole.

A voz grave de barítono a fez vibrar da cabeça às solas dos pés. Lutou contra a súbita necessidade de virar as costas e correr. Ficou paralisada, espantada com o próprio nervosismo ridículo. Seu estômago parecia revirar em círculos quando ela estendeu a mão para a maçaneta.

Abriu a porta e lá estava ele. Um metro e oitenta de pura virilidade italiana, com o cabelo escuro curto impecavelmente penteado para combinar com o terno que se ajustava com perfeição ao corpo.

– Posso entrar? – perguntou ele, a austeridade sutil de seu tom de voz desmentindo o pedido aparentemente educado.

Nicole deu um passo atrás, abrindo a porta e gesticulando para ele entrar.

Estava consciente de seu olhar pairando sobre ela enquanto Rigo entrava no apartamento. Aqueles olhos azuis ainda tinham a capacidade de fazê-la prender a respiração. Sem dúvida, ele parecia reparar no quanto ela havia mudado, desde que se viram pela última vez. E de repente ela se deu conta de que engordara alguns quilos, que seu cabelo castanho-claro há muito não passava nas mãos de um cabeleireiro e seu jeans estava sujo, com manchas do jantar de Anna.

Rigo encostou-se de modo causal à bancada da cozinha americana, cruzou os braços sobre o peito musculoso e continuou olhando para ela, esperando.

– Nada a dizer, Nicole? – perguntou.

– Eu diria que é um prazer revê-lo, mas nós dois sabemos que seria uma mentira. – Ela evitou fitá-lo nos olhos. – Suponho que deveria me sentir honrada por você se dignar a vir falar comigo pessoalmente.

Ele arqueou as sobrancelhas.

– Acredite, tinha mil coisas melhores a fazer do que vir para cá.

– Pelo menos estamos sendo honestos. – Ela deu de ombros, dizendo a si mesma para não se sentir magoada com aquela declaração. Não tinha motivo para se sentir magoada. Eram praticamente dois estranhos. Ele podia ser o pai biológico de sua filha, mas só haviam passado uma noite juntos. Um calor inundou-lhe o rosto ao recordar aquela noite.

– Ah, eu não diria que estamos sendo totalmente honestos, Nicole. Se está bancando a difícil para conseguir me arrancar mais dinheiro, receio que está desperdiçando seu tempo. Tem sorte de eu mandar lhe fazer uma oferta em vez de processá-la por difamação.

– Não quero um único centavo seu. – Nicole cruzou os braços em uma postura defensiva. – Tudo o que quero é que a imprensa me deixe em paz e eu possa recuperar minha privacidade.

Rigo soltou uma risada fria.

– Ah, este é o seu jogo, não é? Nós dois sabemos que você jogou fora qualquer direito à privacidade no momento em que atirou meu nome na lama.

– Eu não tive nada a ver com isso. – Ela o encarou sem hesitar.

– Isto não é um jogo, Nicole. – Sua voz assumiu um tom perigoso. – Deixei claro na última vez que nos encontramos que não sou um homem para ser provocado.

– Eu teria ficado muito feliz se nunca mais pusesse os olhos em você. Seu ego é tão grande que não sei como consegue se levantar da cama de manhã. – Ela estreitou o olhar, a raiva que sentia, por fim, subindo à superfície.

Rigo deu um passo adiante, um meio-sorriso suavizando suas feições austeras.

– Que interessante. Até agora conheci a Nicole sedutora e inocente, seguida da Nicole donzela em perigo. – Ele franziu o cenho. – Mas acho que esta versão "veementemente irritada" é a minha favorita.

Nicole estava sem palavras. O modo como a fitava, com os olhos repletos de desdém, causava-lhe arrepios na nuca. Como pôde imaginar que ele experimentou algo parecido com o que ela sentiu naquela noite? Parecia um completo estranho agora. Era um absurdo pensar que houve romantismo entre os dois. A dura realidade era que não passavam de duas pessoas que fizeram sexo.

Como fora ingênua.

– Rigo, você está ameaçando me processar por causa de fofocas, sobre as quais não tenho nenhum controle.

– Então por que não tentou negar o que aconteceu?

– Meu silêncio é o máximo que vai conseguir. Não falarei mais com a imprensa.

– Você fará uma declaração pública, dizendo que a criança não é minha, Nicole.

Sua mera presença era tão imponente que ela seria tola de não se sentir intimidada com aquela ordem. Lutou contra a emoção que brotava em seu peito. Era ridículo sentir-se magoada com suas palavras depois de tanto tempo.

Afinal, ele havia deixado sua posição bem clara sobre a paternidade da criança. Mas ainda assim, uma parte dela sempre manteve a esperança de que ele aparecesse naquelas semanas seguintes.

Mesmo quando estava no hospital, com medo de segurar a pequena filha prematura nos braços, esperava que o mundo dele tivesse mudado tão profundamente quanto o seu. Que por instinto soubesse que havia se tornado pai.

A indignação prevaleceu sobre a tristeza. Ela se endireitou e o encarou.

– Eu lhe disse que estava grávida de um filho seu. Você optou por não fazer parte do mundo dele, o que é bom. Mas *não* vou mentir publicamente e ir contra aos meus princípios como mãe, apenas para proteger o maldito nome da sua família.

Ele meneou a cabeça, incrédulo.

– Acha mesmo que eu a teria deixado partir, como você fez, se estivesse cem por cento convicto de que era o pai do seu filho?

Nicole caminhou até a bancada da cozinha e começou a vasculhar o fundo da bolsa. Seus dedos por fim encontraram o objeto que procuravam. Ela se virou para se deparar com olhar frio de Rigo, mais uma vez.

– Estou lhe dizendo que você estava errado. – Ela estendeu a fotografia. – Anna é sua filha e aqui está a prova.

CAPÍTULO 2

Rigo olhou para a mulher parada à sua frente. Parecia tão diferente do que ele se lembrava. A sedutora alegre e desinibida havia cedido lugar àquela formidável tigresa morena, usando um jeans surrado.

Pegou a fotografia da mão dela e a observou. A imagem era de um bebê com cachos castanhos e pele clara. Ele olhou de volta para Nicole.

– Isto não é prova de nada.

Uma expressão de mágoa cruzou o rosto de Nicole por um breve instante, antes de ela menear a cabeça e lhe tirar a fotografia das mãos.

– Não sei mais o que dizer. Fui totalmente honesta com você desde o início. Eu lhe disse que estava grávida, e não quis provocar uma cena quando optou por não se envolver.

Rigo mordeu o lábio, frustrado. Ela estava determinada a manter aquela história. Sabia que havia sido atriz quando criança, mas jamais imaginou que sua interpretação fosse tão convincente.

– Você me conferiu o papel de vilão nessa sua produção – disse ele, mantendo o tom de voz deliberadamente calmo.

– Rigo, tudo o que estou pedindo é que use o seu poder e influência para que eu possa voltar para casa com a minha filha e jamais o incomodar outra vez.

– E presumo que não queira um único centavo das minhas mãos sem coração, certo?

Ela suspirou de forma audível.

– Pergunte a si mesmo. Por que eu esperaria quase seis meses após o nascimento da minha filha para contar nossa história à mídia, se estivesse tão desesperada? Não faz sentido.

Nicole parecia tão maternal agora, tão inocente. Era como se de fato fosse uma pobre vítima. Rigo baniu a sensação de desconforto que sentiu após ver a fotografia da criança. Estava ali para resolver o problema.

– Você está certa. Não faz sentido. – Ele deu de ombros. – Mas não estou nem um pouco inclinado a entender o que se passa na sua mente. Se deixou ou não vazar a história é irrelevante para mim agora.

– Quer apenas que eu limpe o seu nome. – Ela mordeu o lábio. – Não posso fazer isso, Rigo. Não vou mentir.

Ele lutou contra o impulso de urrar.

– Nicole, eu poderia silenciar a imprensa e impedir novas histórias, mas não posso desfazer o dano que já foi causado. O público não pode ser calado. E a única maneira de impedi-los de falar é desmentir esse escândalo. – Ele fez uma pausa, observando-a. – Estou disposto a aumentar a oferta que lhe foi feita hoje em vinte por cento. Estou pedindo para você fazer o certo para todos os envolvidos.

Todos os vestígios de suavidade desapareceram quando ela respirou fundo e enfiou as mãos nos bolsos da calça jeans.

– Embora queira muito a minha privacidade de volta, não posso comprometer minha integridade e dizer uma mentira que afetará a vida da minha filha para sempre. Jurei que não voltaria a procurá-lo e não o fiz até agora. Mas no momento a privacidade de Anna significa muito mais para mim do que o meu orgulho. – Ela o encarou com uma expressão séria nos olhos cor de mel. – Faça um teste de paternidade. Se o resultado for negativo, darei a declaração que quer.

– Não vejo sentido em fazer um teste de paternidade quando já sei qual será o resultado. – Ele lutou contra o impulso de erguer a voz. A realização de um teste significaria mais tempo, e cada dia que aquele escândalo perdurasse seria mais um dia de ações em queda livre.

– Se está totalmente convicto de que ela não é sua filha, então não tem nada a perder.

– Está bem, farei o maldito teste. Mas uma vez confirmado o resultado negativo, você dará uma declaração à imprensa.

– Se der negativo, negócio fechado. – Ela assentiu com a cabeça.

– Ótimo, terminamos aqui. – Ele se dirigiu à porta.

– Espere! – chamou ela, parando-o no meio do caminho. – Não discutimos os detalhes do que será feito se o teste der positivo.

Rigo sacudiu a cabeça.

Se o teste der positivo... disse ele, olhando para a foto nas mãos dela. Os olhos da criança possuíam um tom azul-cobalto profundo. Se não estivesse tão certo de que era estéril, poderia quase chamá-los de azul Marchesi. Nicole fitava-o atentamente. Ele desviou o olhar e se aproximou para abrir a porta. – Não seria nada menos que um milagre – declarou. – Tenho certeza de que um teste de paternidade não vai mudar o que eu já sei.

Sem mais palavras, ele saiu e fechou a porta.

A DIRETORIA executiva da sede do Grupo Marchesi ficava no quadragésimo quinto andar. Nicole sentou-se à mesa de conferências, de mármore negro, enquanto vários homens e mulheres, trajando roupas de grife, se acomodavam em torno dela em completo silêncio. Ninguém a olhava ou lhe dirigia a palavra. De repente, ela desejou poder trocar de lugar com Anna, que estava deitada e feliz mascando a ponta de um dos pés, no carrinho de bebê ao seu lado.

Um senhor idoso de cabelo branco sentou-se na extremidade da mesa e olhou para ela. Nicole clareou a garganta e se endireitou um pouco mais no assento. Uma pasta de couro fino foi colocada à sua frente. Ela hesitou por um momento antes de abri-la, ciente de que todos os olhos na sala, de repente, recaíram sobre ela. O cheque no interior exibia tantos zeros que ela prendeu a respiração.

O homem de cabelo branco curvou-se para a frente, pigarreando.

– Como membro mais antigo da diretoria, no momento, estou lhe apresentando nossa oferta final, srta. Duvalle.

– Isto não pode estar certo... – Ela ofegou, os números flutuavam diante dos seus olhos.

– O Grupo Marchesi está lhe oferecendo um generoso acordo em troca de uma declaração pública de que Rigo Marchesi não é o pai de sua filha.

– Não foi este o combinado. – Nicole sentiu uma familiar sensação de aprisionamento. Aquilo não era uma reunião. Era uma emboscada.

– Tente entender, srta. Duvalle. Não vamos negociar o valor do cheque. Portanto, se deseja receber o dinheiro, eu a aconselho a aceitá-lo agora. – O homem recostou-se na cadeira, observando abertamente o decote da blusa dela.

Nicole cruzou os braços sobre o peito, sentindo-se pequena e sozinha naquela sala repleta de ternos. Seria tão fácil fazer o que lhe estavam pedindo. Negar a verdade e fugir seria a opção mais fácil em alguns aspectos. A verdade era inconveniente, do mesmo modo que ela e a filha. Um comunicado à imprensa levaria menos de dez minutos e depois estaria livre. Poderia esquecer tudo sobre Rigo Marchesi e começar de novo em algum lugar.

E o que aconteceria quando a filha tivesse idade suficiente para entender? E quando ela perguntasse por que o pai nunca desempenhou um papel em sua vida? A menina acabaria descobrindo que a mãe mentiu para o mundo e não lhe deu o direito de conhecer o pai biológico.

Nicole pensou na própria mãe, nas suas inúmeras mentiras e manipulações. Tudo por dinheiro. Que tipo de modelo seria se mentisse para a filha sobre algo tão importante?

Ela respirou fundo. Não permitiria que a intimidassem.

– Não assinarei nada sem antes falar com o sr. Marchesi.

Uma mulher, usando um terninho bege, resolveu se pronunciar, os olhos de falcão cuspindo fogo do outro lado da sala.

– Estou ciente de que você, provavelmente, cresceu vendo certo nível de... negociações jurídicas por parte de sua mãe. Mas está de fato preparada para enfrentar uma corporação multibilionária em um tribunal?

Nicole sentiu a pele formigar. Aquelas pessoas a faziam se sentir totalmente desprezível.

De repente, todos os presentes na mesa desviaram o olhar e se focaram na porta atrás dela.

Nicole virou-se, deparando-se com a notável figura de Rigo na porta. Ela se ergueu, a raiva sustentando sua determinação.

– Isto é inaceitável! Não serei intimidada.

– Não concordei com esta reunião, Nicole. – A voz dele soava mais grave do que o habitual e seu olhar recaiu sobre Anna, no carrinho de bebê. – Saia e me espere no meu escritório, estarei lá dentro de alguns minutos.

RIGO FICOU perigosamente parado na extremidade da mesa e esperou que Nicole saísse antes de começar a falar.

– Alguém pode me explicar por que esta reunião foi organizada sem o meu conhecimento.

O homem na outra extremidade da mesa inclinou-se para a frente. Seu tio Mario era um idiota de cabelo branco, com quase 60 anos, e uma propensão a contestar a autoridade do sobrinho.

– Já temos o consentimento do restante da diretoria. Você foi voto vencido. Uma medida rigorosa é o mais indicado para defender os interesses da empresa.

Rigo pigarreou, olhando para a pasta com capa de couro sobre a mesa e fechou-a com um ruído estridente que reverberou pela sala.

– Isto não será resolvido com acordos judiciais.

– Você sabe que o passado desta empresa a torna bem mais vulnerável à mídia. Seu pai sempre deixou claro que não podíamos permitir que imprudências pessoais afetassem os negócios – argumentou um dos executivos do setor de relações públicas.

Rigo sentiu sua paciência chegando ao limite.

– Meu pai não é mais o presidente da empresa. Sou eu. Os que não fazem parte da diretoria saiam da sala. Agora!

Caminhou até a janela e respirou fundo três vezes, enquanto homens e mulheres deixavam a sala apressados. Em seguida, virou-se e olhou para o tio, o único membro da diretoria presente.

– Você não tem poder para tomar decisões por mim, Mario. Se queria o meu cargo, devia ter lutado por ele.

– Eu valorizo demais o meu tempo livre. – Mario revirou os olhos, ergueu-se e caminhou até ele. – Pelo amor de Deus! Esta mulher está caluniando o nome dos Marchesi e pondo em risco todo o negócio com os Fournier.

– Não é calúnia – afirmou Rigo em tom ríspido, ouvindo as palavras ecoarem em sua mente quando as proferiu. – Recebi o resultado do teste de DNA há vinte minutos. A criança é minha.

Mario ficou em silêncio por um momento, boquiaberto.

– Você concordou com um teste de paternidade sem consultar o pessoal do setor jurídico? – Seus olhos se arregalaram. – Está completamente louco? Nem mesmo seu avô seria tão estúpido.

Mario não parecia surpreso com a notícia, mas o mesmo não podia ser dito em relação a Rigo. Ainda estava absorvendo a informação. Seu cérebro trabalhava horas extras, processando a revelação de que, contra todas as probabilidades, a afirmação de Nicole era verdadeira. Algumas horas antes, tinha cem por cento de convicção de que ela estava mentindo. Tempos atrás havia tomado medidas muito permanentes para se certificar de que jamais se encontraria naquela posição novamente. E, no entanto, ali estava ele.

Seu tio pigarreou, olhando de modo incisivo para a pasta de couro.

– Todos os homens Marchesi têm cometido algumas imprudências, Rigo. Parece que é uma fraqueza de família. Meu conselho é não deixar que isso nos impeça de resolver a questão. Todo mundo tem um preço. Descubra o dela.

NICOLE ANDAVA de um lado para o outro no escritório de Rigo. Os punhos cerrados ao lado do corpo, enquanto ponderava suas opções.

O plano A era sair de lá sem falar com Rigo Marchesi ou seus guarda-costas. Poderia procurar a imprensa e implorar privacidade ou, mais provavelmente, apenas desistir de seus sonhos de levar uma vida normal outra vez. Mas sua filha cresceria sabendo que a mãe havia tentado o melhor.

Plano B... Bem, o plano B era pegar toda a sua moral e jogá-la pela janela.

Sentou-se na poltrona mais próxima e tentou clarear os pensamentos.

Por mais estranho que fosse, desejou que sua mãe estivesse ali para ajudá-la com aquilo. Não, corrigiu-se, desejou que a mãe se importasse o suficiente para tentar ajudá-la. Mas Goldie Duvalle tinha as próprias regras, entrava e saía da vida da filha, entre um casamento e outro, e mesmo assim só quando queria alguma coisa.

A última vez que viu Goldie foi um dia antes de saber que estava grávida. Sua mãe não era uma opção, a não ser que ela precisasse de alguns contatos para sair nas revistas de fofocas sobre celebridades.

Levando em consideração a própria criação, talvez estivesse enganada em pensar que poderia oferecer à filha uma vida normal. Sua infância errática estava longe de ter sido normal. Parecia predestinada a ser envolvida em escândalos por onde quer que passasse.

Nicole olhou ao redor, sentindo-se sozinha e insignificante naquele espaçoso escritório de metal e mármore. Anna havia adormecido em seu carrinho ao lado da janela.

Rigo entrou no escritório batendo a porta com um ruído seco. Seu cabelo escuro, em geral sempre bem penteado, estava desalinhado e a expressão no belo rosto mexeu com a determinação de Nicole.

Ele parou e olhou ao redor.

– A criança?

A pergunta pegou-a de surpresa. Ela franziu a testa, apontando para o carrinho de bebê ao lado da janela, onde sua filha dormia tranquilamente.

– Ela não vai acordar se nós falarmos? – perguntou.

Nicole sacudiu a cabeça uma vez, tentando não amolecer diante da aparente preocupação.

– Ela tem um sono pesado, felizmente.

Rigo assentiu e olhou para o cobertor rosa-claro por um momento, antes de se voltar para ela. Seus olhos exibiam um estranho misto de raiva e alguma outra emoção desconhecida.

Ambos se encararam por alguns instantes em completo silêncio, antes de Rigo, por fim, começar a falar.

– Deixe-me esclarecer que não tive nada a ver com essa reunião. Os membros da diretoria ficaram impacientes e decidiram agir à minha revelia. Lamento que tenha passado por isso.

Nicole não esperava um pedido de desculpas.

– Eu disse que não assinaria nada sem o teste.

– Claro. – Ele respirou fundo e passou por ela, movendo-se pelo amplo escritório até sua escrivaninha. Em seguida, apontou para uma cadeira de couro e fez sinal para que ela se sentasse.

Com as mãos cruzadas à sua frente, parecia mais poderoso e infinitamente menos acessível. O magnífico presidente, resolvendo mais um item de sua agenda. Era poderoso e inflexível, mas naquele momento se mostrava um pouco desestruturado.

– Recebi um telefonema do laboratório – disse ele em tom calmo. Em seguida, começou a tamborilar o polegar distraído sobre a mesa e olhou para ela. – O resultado do teste de DNA se revelou positivo.

Nicole fitou-o por um momento, sem saber o que dizer em resposta àquela declaração estéril, desprovida de emoção.

– Entendo – respondeu ela com a voz estável, observando o polegar dele que continuava a tamborilar por vontade própria em um ritmo constante.

– É tudo o que você tem a dizer? – perguntou ele.

Nicole deu de ombros, mordendo o lábio inferior.

– Eu já sabia qual seria resultado.

Rigo recostou-se no espaldar da cadeira e observou-a alguns instantes, antes de começar a falar.

– Optei por não acreditar no que você alegava, com base no que acreditava serem os fatos. Agora que sei que estava enganado... Bem, nossa situação atual é lamentável.

Nicole teve a impressão de estar conversando com um robô. Era simplesmente "lamentável" ele ter perdido os primeiros seis meses de vida da filha? Ela pensou nos inúmeros acontecimentos que se sucederam, nos dias e noites cheias de risos e lágrimas. Parecia que uma vida inteira havia se passado, desde o dia em que ele fizera sua *lamentável* escolha.

Rigo continuou, alheio à sua agitação interna.

– A atenção da mídia é uma preocupação imediata para nós dois, mas sinto que podemos chegar a um acordo que trabalhe ao nosso favor.

Nicole cruzou os braços, espantada por ele continuar falando de negócios quando acabara de descobrir que tinha uma filha.

– Eu já lhe disse. Não vou mentir à imprensa para proteger a sua imagem pública.

– Não estou pedindo para você mentir. Agora que sei que ela é minha, não pretendo negar o fato. Publicamente ou de outra forma.

E lá estavam as palavras que ela tanto queria ouvir algum tempo atrás. Só que em vez de se sentir aliviada porque a filha teria algum tipo de relação com o pai, tudo o que sentia era um medo cortante.

Nicole ergueu-se e afastou-se alguns passos.

– Primeiro de tudo, ela não é sua – disse ofegante, voltando-se para encará-lo. – Você é o pai biológico, mas o resto terá que conquistar. Não estou pedindo nada no momento que não seja a sua ajuda no sentido de tirar a imprensa da minha porta.

Rigo ficou calado. Apenas observou-a com a mesma intensidade que ela reconhecia agora como uma característica da sua personalidade.

Nicole cruzou os braços e o encarou.

– Você não tem nenhuma obrigação de desempenhar um papel na vida de Anna, se não quiser.

– Nós dois sabemos que ignorar minha filha não é uma opção.

Nicole não sabia se aquilo significava que ele não queria ignorar ou que sabia que não ficaria bem perante a sociedade.

– Eu ficaria feliz se você participasse da vida dela. Mas se a assumir publicamente, serei perseguida pelos *paparazzi* o resto dos meus dias. As fotos da menina serão usadas para estampar todos os tabloides do planeta. É isso que você quer?

– Você não quer mentir, mas não quer que eu diga a verdade? – Ele se sentou outra vez, os olhos de águia observando-a com grande interesse. – Parece que ficamos sem opções, então.

– Tudo o que estou lhe pedindo é que me proteja da mídia – disse ela em tom calmo. – Sei que você tem poder para tal.

– Medidas cautelares são frágeis e facilmente derrubadas. Os fotógrafos continuariam a tirar fotos de vocês. A história está lá fora, e ela será sempre uma criança ligada a um escândalo. Isso vai grudar nela feito cola.

– Tem que haver uma maneira... – Nicole sentiu-se enfraquecer com o peso das suas palavras. Ele estava certo, é claro. O dano já havia sido feito. Escândalos como aquele nunca eram totalmente esquecidos.

Como podia ter sido tão ingênua a ponto de pensar que Rigo pudesse resolver tudo em um passe de mágica?, perguntou-se Nicole. Ela trouxe a filha ao mundo e havia feito uma promessa de jamais submetê-la ao mesmo sofrimento que passara na infância, sendo perseguida por câmeras nos portões da escola e constantemente desempenhando um papel para a mídia. Como consequência amadurecera rápido demais. Como poderia deixar a filha sofrer o mesmo?

Rigo pigarreou e se ergueu.

– Há uma saída, Nicole. Uma que estou preparado para oferecer para que possamos trabalhar a mídia ao nosso favor.

– De que modo poderíamos fazer isso? – Ela olhou para sua expressão séria, sentindo-se completamente derrotada. Só havia piorado a situação fugindo e se escondendo. Qualquer coisa que fizesse agora seria apenas para contornar os danos. Afinal, uma vida normal não era algo que a filha secreta de um bilionário podia esperar.

A voz de Rigo soou fria e profissional.

– A maneira mais rápida e eficaz de mudar o curso de uma história é dar à mídia uma história ainda mais sensacional.

– O que poderia ser mais sensacional do que isto? – Ela franziu a testa.

– Um casamento. Para ser mais preciso, o *nosso* casamento.

Nicole ficou em silêncio, mal acreditando no que ele dizia. Se tivesse ouvido direito, aquela sugestão era absolutamente ridícula e não uma verdadeira solução.

– Você quer fingir que somos casados? – perguntou, incrédula. – Não ia adiantar, todo mundo saberia que é uma farsa.

– Não estou sugerindo uma farsa. – Rigo encarou-a com uma emoção desconhecida brilhando no olhar. – Nicole, é a única maneira de acabar com este escândalo de uma vez por todas e me permitir provar que não abandonei minha filha e a mãe dela. Fazer uma grande produção para mostrar que a mídia estava errada. E a melhor maneira para eu conseguir isso... é você se tornar de fato minha esposa.

RIGO VIU a cor desaparecer do rosto de Nicole. Ela não estava usando maquiagem, os cachos escuros de seu cabelo se encontravam presos na nuca, e ainda assim parecia elegante. Ela franziu a testa e arregalou os olhos cor de mel, chocada.

Não era a reação que ele esperava.

– Você não pode estar falando sério – murmurou Nicole.

Rigo cruzou os braços, olhando para o rosto pálido.

– Não é o que um homem espera ouvir quando acaba de propor casamento a uma mulher.

– Você não propôs nada. Está apenas fazendo um negócio comigo. Um que não estou preparada para aceitar sob quaisquer condições. Prefiro aceitar o dinheiro e ir embora.

– Posso lhe garantir que falo sério. E não se trata apenas de um negócio, não agora que sei que sou pai. – Rigo quase engasgou ao proferir a palavra, uma palavra simples, mas ele nunca teve a intenção de se rotular como tal. – Nicole, goste ou não, você, eu e Anna agora estamos irrevogavelmente unidos. Estou sugerindo que tornemos esta união pública e permanente para que possamos resolver todos os nossos problemas de uma vez.

– Não posso acreditar que esteja de fato preparado para se casar comigo para salvar seu precioso negócio. – Ela soltou uma risada chocada.

– Seria uma união legal, um casamento de verdade. O que proponho é uma forma de garantir e proteger os nossos interesses. Agora que sei que tenho uma filha, vou querer desempenhar um papel na vida dela.

– Pensaria da mesma forma se as ações da sua empresa não estivessem em queda?

Rigo sentiu a farpa atingi-lo e de imediato ficou tenso.

– Posso não ter planejado, mas jamais viraria as costas para a minha própria filha.

Nicole baixou os olhos, envolvendo o peito com os braços, um gesto de defesa a que sempre parecia recorrer quando estava perto dele.

Por fim, ela clareou a garganta e olhou ao redor.

– É possível desempenhar papel de pai sem ser casado, você sabe.

– Tive a sorte de crescer em um lar amoroso e com apoio dos meus pais. Estudei em bons colégios, tive cuidados médicos e estabilidade financeira. Está me dizendo que, dada a escolha, você não quer o mesmo para Anna? – Ele estreitou os olhos. – Qual é a sua alternativa?

Nicole olhou para o chão, mordendo o lábio. Ambos sabiam qual era a sua alternativa. Rigo soube, após obter informações ao seu respeito, que ela não possuía uma casa e que fez uma grande mudança para um novo país, no ano anterior.

– Há muito mais envolvido na criação de um filho do que o dinheiro. Posso não saber o que a minha carreira me reserva, e viver com o orçamento apertado, mas sou uma boa mãe. Amo minha filha mais do que tudo nesta vida.

Nicole engoliu em seco e ele percebeu um brilho úmido em seus olhos, antes de ela piscar para reter as lágrimas.

– Eu desejei esta criança desde o momento em que soube que ela estava no meu ventre. Não tenho palavras para expressar tudo o que senti.

Rigo não tinha argumentos. Estava tentando convencê-la a fazer o melhor para a filha quando ele, por sua vez, fez o pior que um pai podia fazer, não participando da vida da menina. A conversa havia começado como um meio para chegarem a um fim, uma maneira de resolver um problema da forma mais rápida e eficiente possível. Mas de repente ele sentia o peso daquela proposta se abater sobre seus ombros.

Estava propondo adquirir uma *família*, não uma empresa. O pensamento quase o enervava, provocando-lhe arrepios na espinha.

Clareou a garganta e continuou.

– Se nos casarmos, ela terá o melhor de ambos. – Ele escolheu as palavras com cuidado. – Nicole, pense nisto com lógica. Temos uma filha e nós dois precisamos pôr fim a esse escândalo o mais rápido possível. Precisamos de uma solução a longo prazo que vise o bem-estar de Anna em primeiro lugar.

– Pare com todo este jargão empresarial!

Nicole afastou-se e, por um momento, Rigo temeu que ela pudesse fugir. Mas podia dizer, pelo jeito como o fitou de soslaio ao se dirigir à janela, que estava na corda bamba. Ele era um negociador hábil. Sabia quando devia atacar e quando era melhor dar um pouco de espaço para o seu oponente respirar.

Permaneceu calado, enquanto ela parecia travar uma batalha interna, torcendo as mãos com força. Por fim, Nicole voltou-se para ele, a expressão, inconscientemente, revelando todos os seus pensamentos.

– Sacrifiquei tudo para garantir que minha filha tivesse a melhor vida que eu pudesse lhe proporcionar. E agora nunca mais será a mesma, não importa a decisão que eu tomar.

– Então só tem a ganhar se casando comigo. – Rigo deu dois passos à frente, apenas o suficiente para que pudesse ver o rosto dela com clareza.

– Não posso acreditar que estou sequer considerando esta possibilidade. – Ela o encarou, deixando as mãos caírem ao lado do corpo. – Não acredito nesse tipo de... casamento. É um absurdo.

– O casamento não é um sistema de crenças, Nicole. É uma união entre duas pessoas para proteger os bens e interesses comuns. Você me disse para parar de tratar o assunto como um negócio, mas é exatamente o que isto é.

– Como pode ser tão frio e racional quando está propondo se unir a uma mulher que você considera uma caçadora de fortunas, como já deixou claro.

– O seu passado será esquecido, desde que se comprometa a ser uma parceira respeitável para a minha imagem pública. – Rigo deu de ombros.

Os olhos de Nicole se arregalaram.

– Quanto romantismo!

– Se imaginou flores e cartas de amor, sinto lhe informar, mas não serei esse tipo de marido.

– Isto é tudo muito inesperado, Rigo. Três dias atrás eu estava vivendo uma vida tranquila, normal. Agora você está pedindo para eu me colocar, de livre e espontânea vontade, de volta no circo da mídia...

– Você teria que lidar com o julgamento deles, de qualquer maneira. Por que não fazê-lo em seus próprios termos, pelo menos uma vez? Neste mundo nossas vidas não passam de um grande jogo para o público. Às vezes, somos forçados a escolher se queremos ser os jogadores ou as peças do tabuleiro.

CAPÍTULO 3

NICOLE OLHOU para o homem que estava se oferecendo para salvá-la e arruiná-la ao mesmo tempo. Que tipo de mulher seria se concordasse com aquele casamento? Sabia exatamente a resposta. Um tipo igual à mãe.

Com uma diferença, Goldie jamais escolheu um marido visando o bem-estar da filha. Apenas pensava em dinheiro e em sair nas páginas das revistas. Nicole era apenas mais um instrumento que ela usava em seu caso de amor com a mídia.

– Se eu concordar com isso, quero a sua palavra de que Anna jamais fará parte da sua imagem pública. Ela nunca será usada para tirar fotos ou algo do gênero.

– A criança será protegida. Eu lhe dou a minha palavra.

Nicole assentiu, tentando engolir o caroço que se formava em sua garganta. Suas mãos tremiam. A enormidade da decisão que estava tomando ameaçava desvendar o que restava da sua compostura.

– Podemos chegar a um acordo sobre os detalhes em pouco tempo. Por ora, estou certo em supor que você aceita a minha proposta?

Nicole respirou fundo.

– Sim, eu me casarei com você.

Um brilho de triunfo brilhou nos olhos dele.

– *Bene.* Vou convocar uma reunião com meus assessores de imprensa e fazer a bola rolar.

Rigo segurou a porta aberta para ela sair, antes de caminhar para o grande saguão movimentado.

Nicole fez uma careta. Era isso? Havia acabado de concordar em se casar com ele, por certo tinham mais a discutir? Como viveriam... Como seriam os bastidores daquela farsa ridícula.

Ela se apressou para alcançá-lo, o tempo todo sentindo como se a cabeça não estivesse mais ligada ao pescoço. Estava fazendo o correto, não é? Era o melhor para sua filha. Não importava que em troca estivesse vendendo sua vida àquele homem. Era um acordo de negócios. Ele provavelmente passaria a maior parte do tempo fora e ela ficaria livre para continuar criando a filha em paz.

– Rigo, espere. Preciso saber o que acontecerá em seguida. Tudo está se desenrolando rápido demais.

– Eu cuidarei de tudo. Você só precisa se preocupar em fazer a sua parte.

Nicole sentiu a frieza daquelas palavras atingi-la até a ponta dos pés. Incapaz de falar, assentiu com a cabeça, evitando fitá-lo nos olhos.

Rigo começou a teclar em seu telefone celular.

– Quero que as duas se mudem para o meu apartamento imediatamente. Você pode dar uma lista dos itens que precisa da sua antiga casa ao Alberto.

– Vamos começar a viver juntos tão cedo? – perguntou Nicole e olhou para Anna, que dormia tranquila no carrinho de bebê.

– Temos que começar a nossa frente unida de imediato. Faremos a imprensa saber que não temos nada a esconder.

– Ele se virou e começou a conversar com seu assessor, ignorando-a por completo.

Nicole tentou não se sentir frustrada com a total falta de interesse de Rigo em interagir com a filha. Precisava refrear suas expectativas. Não havia nenhum sentido em esperar algo próximo do normal daquele acordo. Era suficiente ele ter proposto casamento para proteger a criança. Não ousaria esperar mais nada dele.

Rigo permaneceu o máximo de tempo possível no escritório, antes de retornar ao apartamento. A cobertura no nono andar, localizada no décimo sexto distrito, foi sua primeira compra pessoal como presidente cinco anos antes. O terraço totalmente aberto possuía uma deslumbrante vista para o Bois de Boulogne. Um espaço ideal para o pouco tempo livre que lhe sobrava. Misturava decoração moderna com mobília estilo vintage da década de 1930 para se adequar ao seu gosto. No entanto, quase tudo era feito de arestas duras e de alto brilho, não exatamente o lugar ideal para uma criança pequena circular.

Apurou os ouvidos por um momento e respirou aliviado ao constatar que não havia barulho vindo dos quartos. Nicole e a criança haviam se mudado no início da tarde e ele esperou, de modo deliberado, até bem depois do jantar para voltar para casa. Precisava de tempo para pensar, para processar aquela mudança monumental.

Na sala de estar não havia sinais de mudança. Tudo se encontrava do mesmo modo que ele deixara naquela manhã. Era um sofisticado apartamento de solteiro, com bar de mármore negro dominando um dos lados da sala de jantar e uma televisão LED fixada em um lugar de destaque acima da lareira. Fazia de fato apenas 14 horas desde que tomou café, enquanto assistia o noticiário da manhã? Havia saído porta afora, como fazia todos os dias, certo de que tudo em sua vida estava sob controle.

Nada poderia tê-lo preparado para o resultado do teste de DNA.

Nunca teve dúvidas de que Nicole estava usando sua gravidez para enriquecer. Admiradoras ávidas por dinheiro eram parte integrante da vida de um Marchesi. Tinha experiência suficiente com caçadoras de fortuna para durar uma vida toda.

E agora ele era pai.

O pensamento atingiu-o no peito com força. Podia se sentar ali e lamentar-se a noite toda, enquanto esvaziava algumas garrafas de bebida, mas isso não resolveria o problema. Serviria apenas para deixá-lo com uma terrível enxaqueca, e a questão da paternidade ainda estaria lá na manhã do dia seguinte.

Tempos atrás havia feito uma escolha difícil, sabendo que um dia poderia revertê-la, se assim o desejasse. Mas jamais imaginou que isso pudesse acontecer sem a sua intervenção. O médico assegurou-lhe, naquela tarde, que era extremamente raro. "Reversão Espontânea" foi o nome que ele usou. Rigo chamava de rebelião. Havia se acostumado à ideia de nunca ter filhos. A decisão de fazer uma vasectomia foi necessária e definitiva.

Quais eram as chances? A única noite em que se esqueceu de usar um preservativo... Uma noite que nunca foi capaz de esquecer...

Nicole Duvalle era exatamente o tipo de mulher que ele passou os últimos dez anos evitando como uma praga, e ainda assim levou-a para a cama sem hesitar um segundo sequer. Naquela noite, jogou a precaução ao vento e aproveitou tudo o que pôde. Por um breve momento no tempo, acreditou que talvez pudesse ser alguém diferente de quem era. Estar com ela desencadeou uma sede em seu interior por algo mais do que os limites rígidos do seu mundo. E então se deu conta de quem era e a sede despareceu tão logo aquela noite ardente chegou ao fim.

Nicole foi uma droga para seus sentidos entorpecidos. Em um mundo de falsidade ela parecia tão verdadeira, tão pura. Sem pensar, ele se afogou na atração inebriante que ardia entre ambos, perdendo a noção do tempo. Se Alberto, seu braço direito, não tivesse intervindo, dizendo-lhe quem ela era...

Rigo foi até a janela e contemplou a densa escuridão do Bois de Boulogne. Não importava o que poderia ter acontecido. Nada seria mais complicado do que a situação atual. Estava prestes a se casar com uma mulher que possuía uma reputação mais sombria do que a maioria dos políticos. Nicole foi a sensação dos tabloides durante a maior parte de sua vida adulta e tinha apenas 25 anos. Ela jurava ser uma mulher mudada e que não queria nada com ele ou com a mídia. Mas ele conhecia muito bem a capacidade de mentir das mulheres.

Sentindo o cansaço infiltrar-se em seus ossos, decidiu dormir suas habituais oito horas de sono, em vez de passar a noite relembrando o passado. Caminhou ao longo do corredor até seu quarto, estacando ao ver algumas roupas femininas sobre os lençóis. A porta do banheiro abriu-se e Nicole saiu, com o cabelo molhado do banho, coberta apenas por um curto roupão de banho.

Ela estremeceu ao vê-lo parado na porta.

A respiração de Rigo acelerou. O perfume cálido de baunilha e mel chegava ao outro lado do cômodo para provocar seus sentidos.

Nicole apertou o cinto do roupão ao redor da cintura delgada, e o movimento só serviu para projetar seus seios ainda mais contra o tecido fino. Rigo cerrou os punhos ao lado do corpo.

– Eles puseram todas as minhas coisas aqui junto com as suas – disse ela depressa, evitando encará-lo. – Sua governanta estava muito... eufórica.

– Entendo.

Rigo olhou para a pele acetinada daquelas coxas bem torneadas sob o roupão de banho e sentiu a tensão em seus músculos aumentar. Por certo, o olhar revelou alguns de seus pensamentos, porque Nicole pigarreou e rapidamente pegou a roupa sobre a cama. Sem mais uma palavra, ela voltou ao banheiro para se vestir, fechando a porta ao entrar.

Rigo encostou-se na cômoda, sentindo a respiração sibilar entre os dentes. Aquela era uma complicação não prevista em um plano perfeito. Seus empregados foram enviados pela agência mais conceituada de Paris, mas nada era verdadeiramente confidencial em seu mundo. Estavam oferecendo à mídia uma tórrida história de amor. Era de se esperar que ele compartilhasse a mesma cama com a noiva. Como qualquer homem com sangue nas veias faria.

Pensou que o fato de saber quem ela era, sem dúvida apagaria o que quer que tivesse surgido naquela noite que passaram juntos. Mas era óbvio que seu corpo tinha outras ideias.

Rigo desafivelou o cinto e o retirou do cós da calça. Seu closet era dos mais sofisticados, com gavetas e armários para cada pequeno detalhe. Organização era o seu prazer secreto. Ver tudo perfeitamente em ordem lhe proporcionava uma sensação de bem-estar.

Ao abrir a gaveta de cintos, encontrou apenas parte do espaço preenchida com seus itens pessoais. A outra parte continha uma série de echarpes coloridas. Franzindo a testa, abriu a porta do armário, e descobriu que também havia sido rearranjado. Sua governanta sem dúvida simpatizara com Nicole, pensou com um incômodo mau pressentimento. Se era de se esperar que compartilhassem a cama, é claro que seria de se esperar que compartilhassem o closet. Rigo sentiu como se tivesse pulado de cabeça em uma toca de coelho e não houvesse saída.

Com a expressão fechada, saiu do closet e voltou ao quarto para encontrar Nicole vestida com uma calça de pijama de algodão rosa-claro e uma camiseta branca. Ela estava colocando seus pertences em uma *nécessaire*, com a testa franzida.

– Todas as suas coisas foram guardadas no meu closet.

A voz soou mais dura do que ele pretendia. Nicole fitou-o, incrédula.

– E por acaso a culpa é *minha*?

Rigo passou a mão sobre a barba recém-crescida no queixo, a mente lutando com as inúmeras implicações que ele não previra.

– Teremos que compartilhar a cama até que este casamento termine – proferiu, removendo a gravata e dobrando-a sobre a cômoda. – Os empregados podem espalhar boatos. Não podemos correr esse risco.

Nicole ergueu as sobrancelhas.

– De jeito nenhum vou dividir a cama com você.

– Qual é o problema? Tem medo de não conseguir se controlar?

– Não foi este o acordo, Rigo. – Ela o encarou. – Isto não está certo.

– Acredite-me, *não* represento uma ameaça para você. Estou contando os dias para este casamento acabar, tanto quanto você.

– Bem, então, por que precisamos dormir juntos? Com certeza deve confiar em seus próprios empregados?

– Tenho como regra não confiar em ninguém. – Ele começou a abrir os botões do colarinho da camisa, notando como os olhos dela acompanhavam seus movimentos. – As pessoas pensam que estamos vivendo uma tórrida história de amor. Vamos partilhar a cama e ponto-final.

– É bom saber que tenho direito a opinar neste arranjo.

– Tanto quanto eu, *cara*. Dormir um ao lado do outro é a menor das nossas preocupações no momento. – Ele retirou a camisa, dobrando-a, antes de começar a abrir o zíper da calça. Então olhou para cima e se deparou com o olhar dela.

Nicole clareou a garganta, como se fosse falar, mas nenhum som saiu de sua boca. Rigo quase sorriu ao vê-la desviar o olhar e deslizar depressa sob as cobertas, puxando-as até o queixo. Ele podia ter ganhado aquele *round*, mas quem era o verdadeiro vencedor quando o prêmio era uma noite de tortura física?

Terminou de se despir, optando por deixar a cueca. Costumava dormir completamente despido, mas decidiu que poderia ser um passo demasiado arriscado naquele acordo pouco acolhedor. Deitou-se e cruzou os braços atrás da cabeça. A respiração de Nicole era lenta e contida, mas ele podia sentir a tensão do corpo dela se propagando em ondas. Ambos sabiam a loucura que eram capazes de desencadear caso se permitissem baixar a guarda.

A noite seria longa.

A MENTE de Nicole levou um minuto para se ajustar quando ela acordou na cama de Rigo, na manhã seguinte. Prendendo a respiração, virou-se para o outro lado da cama e o encontrou vazio. Os lençóis ainda estavam mornos, logo ele não devia ter saído há muito tempo. Dormir ao lado de uma parede de músculos seminua parecia uma tarefa impossível na noite passada, mas, por fim, ela adormeceu profundamente graças à exaustão causada pelos eventos ao longo do dia.

O apartamento era tranquilo. Anna acordou uma vez durante a noite, mas logo voltou a dormir no berço que Rigo mandara trazer da casa dela, junto com o restante de seus pertences. Enquanto a criança dormia, Nicole aproveitou para tomar banho e se maquiar, agradecendo, em silêncio, a eficiência da equipe que trouxe todos os seus pertences de La Petite, em tão curto espaço de tempo.

O pensamento de sua bela casa sendo ocupada por novos inquilinos fez seu coração partir. Todos os pequenos toques pessoais que acrescentou por certo seriam removidos, pintados, todos os vestígios de seu tempo lá desapareceriam. Aquela vida se resumiria a uma lembrança.

Só havia concordado com aquele casamento por Anna, para lhe dar a oportunidade de ter um relacionamento com o pai e uma vida melhor do que ela poderia lhe oferecer. Mas algo ainda a atormentava. Era quase como se tivesse se afastado da sempre presente ameaça da mídia para ser apresentada a outra ameaça menos óbvia em Rigo.

Alegrou-se quando a filha por fim acordou, assim poderia se concentrar na rotina diária e evitar os pensamentos desagradáveis que lhe assolavam a mente. Mas logo descobriu que "normalidade" não era tão fácil de conseguir com uma governanta se antecipando a todas as suas necessidades.

Minutos depois, foi-lhe apresentado um bufê de café da manhã juntamente com uma variedade de pratos infantis preparados para a Anna. Frutas frescas, crepes, doces e café fumegante enchiam a ilha da cozinha.

Nicole agradeceu à mulher por sua atenção. A comida era muito melhor do que as refeições simples que aprendera a preparar em La Petite. Nunca fazia mais do que torradas para si mesma, antes de deixar Londres, depois de ter sempre comido em restaurantes e cafés badalados, a fim de ser "notada". Mas, para sua surpresa, aprender a cozinhar e assar transformou-se em um prazer secreto durante a gravidez, bem como cuidar da casa e o fato de se sentir autossuficiente.

Sentar-se e ver as mamadeiras de seu bebê serem lavadas e desinfetadas no vapor, todas as suas roupas serem lavadas e passadas, a fez se sentir estranhamente desnecessária.

– Nicole, as babás estão aqui para serem entrevistadas. – O corpo alto e esbelto de Alberto apareceu na porta, assustando-a.

– Babás? – Ela engoliu um pedaço de melão, ergueu-se e se virou para o assessor de Rigo. – Eu nunca entrevistei ninguém.

– Rigo fez uma lista das agências de elite em Paris. – Ele alisou distraído a camisa, claramente aborrecido com as tarefas do dia.

– Eu não concordei com uma babá – argumentou Nicole. – É algo que ele deveria ter esclarecido comigo primeiro – disse ela, mantendo o tom de voz calmo.

– Sou apenas o mensageiro. Entenda-se com ele, se não está satisfeita.

Nicole mordeu o lábio e pegou o telefone celular. Ligaria e diria, com calma, que não era certo ele querer se meter na vida dela simplesmente porque iam se casar. Respirou fundo e, em seguida, fez uma pausa, percebendo, de repente, que não tinha o número do telefone do noivo.

Alberto revirou os olhos diante do seu pedido, pressionou um botão no próprio telefone e lhe entregou o aparelho. Nicole evitou o olhar cínico do assessor de Rigo. Sentia-se profundamente desconfortável sempre que ele estava por perto. A lembrança daquele homem conduzindo-a, em silêncio, para fora daquele apartamento todos aqueles meses atrás, jamais a abandonou.

Nicole foi arrancada de seus pensamentos quando a voz de barítono de Rigo respondeu com um lacônico "Si"?

– Queria mandar alguém para cuidar de minha filha sem me consultar primeiro?

O ruído de farfalhar de papéis podia ser ouvido ao fundo, juntamente com o burburinho de vozes abafadas, antes de ele voltar a falar com ela.

– Sim, solicitei uma seleção de candidatas para se apresentarem aí esta manhã. Como tenho certeza que Alberto já deve ter lhe informado, já que está ligando do telefone dele.

– Por que supôs que eu precisava de ajuda, Rigo? Cuidei da minha filha muito bem durante os seis primeiros meses da vida dela, ou você me acha incapaz? – Ela percebeu a hostilidade na voz dele, mas não se importou.

Rigo suspirou do outro lado da linha.

– Nicole, você terá inúmeros eventos para participar e terá que ficar fora um fim de semana inteiro quando nos casarmos. Não creio que andar por aí com uma criança a tiracolo seja prático no momento, não é?

Nicole mordeu o lábio, absorvendo suas palavras. Estava tão imersa na tempestade de mudanças, que sequer pensou em alguém para cuidar de Anna. Nunca precisou de ninguém para cuidar da filha antes, afinal passava todo seu tempo em casa com a criança. Talvez precisasse de alguém confiável, só até o casamento terminar.

– Vou considerar o seu silêncio como um pedido de desculpas – disse Rigo em tom calmo do outro lado da linha. – Gostaria de me acusar de mais alguma coisa esta manhã ou isto é tudo?

– Não, isto é tudo – respondeu ela depressa, com as bochechas ardendo. – Sinto muito por supor que você pensou...

– Não se preocupe – interrompeu ele, e o som de vozes ficou mais alto no fundo. – Tenho que desligar, mas certifique-se de estar pronta às 19h.

– Pronta? Para quê? – Ela franziu o cenho.

– Vamos sair para jantar.

Com estas palavras, Rigo desligou o telefone. Nicole olhou incrédula para o aparelho em sua mão. Ele havia acabado de exigir que ela estivesse pronta em uma determinada hora. Era assim que aquele arranjo funcionaria?

Alberto tossiu de modo incisivo na porta e ela revirou os olhos.

– Sim, tudo bem. Estarei lá dentro de alguns minutos.

Nicole entregou-lhe o telefone e exalou um suspiro de alívio quando foi deixada sozinha na cozinha pela primeira vez. Anna estava sentada em sua cadeira alta, feliz sugando um pedaço de torrada com manteiga e observando-a atentamente.

– Onde fui nos meter, meu bebê? – sussurrou ela, afastando uma mecha do cabelo escuro para trás da orelha de Anna.

Sabia que a chave para manter aquele casamento vivo era se concentrar na filha a cada passo do caminho, e esquecer as próprias necessidades.

Se pelo menos o seu futuro marido não parecesse tão empenhado em tornar tudo mais difícil.

– Isto não é um pouco de exagero? – Nicole arregalou os olhos ao ver a placa dourada acima da porta do restaurante. – Poderíamos ter conversado em particular no apartamento com a mesma facilidade.

– A comida aqui é boa, e precisamos ser vistos em público. – Rigo trocou algumas breves palavras com a recepcionista e desviou-se da fila de clientes na porta.

Não devia ser surpresa para Nicole que um homem com o bom gosto e a reputação de Rigo decidisse levá-la ao restaurante mais exclusivo de Paris. A construção de mais de dois séculos ficava situada ao lado dos jardins do Palais Royal e era um dos melhores estabelecimentos que a cidade tinha a oferecer.

A recepcionista conduziu-os até uma sala de jantar particular e os apresentou ao *maître* que os atenderia.

O restaurante era um dos poucos em Paris em que Nicole nunca tinha comido antes. A lista de espera costumava ser incrivelmente demorada. Não havia nenhuma maneira de Rigo ter conseguido uma mesa em tão curto prazo, mesmo sendo um bilionário. A menos que já tivesse feito uma reserva para aquela noite, para jantar com alguém. O pensamento a fez sentir uma estranha sensação no peito.

Mordendo o lábio inferior, concentrou-se na decoração deslumbrante que os rodeava, enquanto o garçom dispunha os guardanapos e enchia seus copos de cristal com água gelada. Grandes espelhos com molduras douradas recobriam as paredes e afrescos neoclássicos adornavam o teto.

Rigo fez um gesto para Nicole ler o menu, e por fim, ambos concordaram por um *menu plaisir*.

Nicole permitiu que o garçom enchesse sua taça com um perfumado vinho branco. Sabia que estava com o estômago vazio e limitou-se a sorver apenas um pequeno gole, sentindo o líquido suave aquecê-la por dentro, instantaneamente.

– Daremos uma festa de noivado dentro de três dias. – A voz grave interrompeu-lhe os pensamentos. – O processo será rápido e intenso, por isso meus assessores de imprensa vão querer orientá-la sobre como interagir com a mídia.

Nicole engoliu em seco.

– Existe de fato necessidade de todo esse alarde? Parece fazer mais sentido para um acordo como este acontecer em um lugar como um escritório ou algo do gênero.

– Espera-se um grande casamento da minha família. Qualquer outro arranjo poderia gerar suspeitas – disse ele, deixando claro que a questão não estava aberta à discussão. – Vamos nos casar em um local secreto exclusivo no primeiro dia do mês.

– Mas faltam menos de três semanas. – Ela sentiu os dedos apertarem a taça de vinho. De repente, aquilo havia se transformado em algo grandioso, bem diferente da solução simples com que concordara.

– Por que o desagrado? Você será a estrela do seu próprio conto de fadas, Nicole. Pensei que estaria dando pulos de alegria.

– Porque sou ávida por fama, certo? – Seu temperamento ameaçou incendiar, mas ela o controlou, tomando um pequeno gole de vinho. – Se faz bem ao seu ego pensar que estou muito feliz porque vou me casar com você, então, por favor, continue.

Rigo suspirou.

– Temos de encontrar uma maneira de parar com esta animosidade entre nós, se esperamos convencer as pessoas de que isto é verdadeiro.

– Devo usar minhas medíocres habilidades de representação?

– Estou falando sério, Nicole. Há muito em jogo aqui para nós dois. A imprensa não será gentil. – Ele arqueou uma sobrancelha. – Mas tenho certeza de que você criou uma capa resistente ao longo dos anos.

– Não tive escolha. – Nicole cruzou as pernas.

– Então, para começo de conversa, por que fugiu deles? – perguntou Rigo. – Por que não vendeu sua história de imediato?

– Em vez de vendê-la agora, você quer dizer? – Ela endireitou os ombros com aquela acusação velada. – É por este motivo que estamos aqui? Para que possa tentar me fazer confessar os meus crimes?

Rigo deu de ombros.

– Só estou tentando entender a mulher com quem terei de me casar.

– Bem, você já me rotulou de forma bem clara, então perdoe-me se não estou disposta a me defender. – Nicole sentiu o peso daquela acusação recair sobre seus ombros.

– Ninguém a está julgando. Se deixou ou não essa história vazar, não faz diferença para mim. Não preciso confiar em você.

– Ótimo, porque eu jamais confiarei em *você* – devolveu ela.

– Bem, é um excelente começo para qualquer casamento. – A risada de Rigo soou inteiramente falsa enquanto ele sorvia um gole de vinho e continuava a encará-la com um brilho frio nos olhos azuis.

– Tenho certeza de que vamos ser felizes para sempre – zombou Nicole em tom seco, e desejou estar no apartamento velando o sono de Anna, em vez de estar ali sob o escrutínio daquele homem.

– Ah, o sarcasmo de novo – disse Rigo. – Podemos não ser tradicionalmente felizes, Nicole, mas devemos isso um ao outro para tentar tornar as coisas toleráveis, pelo menos. Afinal, temos um bom tempo pela frente.

Nicole endireitou-se na cadeira.

– Por quanto tempo pretende ficar casado?

– Ainda nem ficamos noivos e já está planejando o divórcio?

O comentário foi como um tapa na cara de Nicole.

– Sei que você me vê como uma cópia barata da minha mãe, Rigo. Por favor, pare de me insultar. – Ela pigarreou e desviou o olhar, recusando-se a mostrar qualquer sinal da emoção que borbulhava sob a superfície.

– Olhe para mim. Não pretendia ofendê-la.

Rigo tocou-lhe o pulso, o contato provocou um arrepio em seu braço.

– *Per l'amore di Dio*, nem tudo o que digo é um ataque deliberado ao seu caráter.

– Você fez suposições sobre o meu caráter desde a primeira vez que nos vimos. Pelo menos seja franco sobre a opinião que tem de mim, então talvez possamos seguir em frente.

– Quer que eu seja franco? Ótimo. – Ele se recostou na cadeira. – Quando a vi pela primeira vez, naquele salão, rotulei-a como outra caçadora de maridos. Não sabia o seu nome, mas conhecia bem o seu tipo. Desesperada por fama.

Tudo o que eu deliberadamente evitava, e... mesmo assim não consegui tirar os olhos de você. – Ele tomou um gole de vinho, mantendo-a cativa do seu olhar. – Continuei seguindo-a pelo salão, para ouvir sua risada contagiante, que me deixou desesperado para saber que diabos era tão engraçado. Você me hipnotizou. É raro eu fazer qualquer coisa sem pensar duas vezes. Mas com você... Bem, acho que nenhum de nós dois pensou muito depois da primeira dança.

Nicole sentiu o olhar de Rigo percorrer-lhe as feições e descer até o decote de vestido. Não era um olhar de soslaio ou insolente. Fitava-a do mesmo modo que a fitou naquela noite, todos aqueles meses atrás: como se ela fosse uma obra de arte que seus olhos precisavam adorar e saborear, como se ela fosse a mulher mais bela do mundo.

Ela mordeu o lábio, tentando acalmar a sobrecarga hormonal que parecia se intensificar em seu interior. Devia ser o vinho aliado ao fato de estar saindo pela primeira vez, depois de tanto tempo, argumentou consigo mesma. Nada tinha a ver com a presença masculina magnética à sua frente.

– E agora veja... parece que, por fim, consegui caçar um marido. – Ela ergueu o copo, fingindo um brinde, desesperada para mudar o rumo da conversa de volta a águas mais seguras.

– Se fosse verdade, você podia ser considerada a mulher mais prospectiva da história.

As palavras foram proferidas em tom de brincadeira, mas Nicole podia notar uma pitada de especulação nos olhos dele.

Nesse instante, foram interrompidos pela chegada do primeiro prato. A especialidade do *chef*, *pâté en croute*.

Nicole deu sua primeira mordida e sufocou o impulso de gemer de prazer. Não era apenas comida, era uma obra de arte culinária.

A tensão da conversa se dissipou à medida que a refeição era servida, lentamente, com o *chef* trocando o vinho a cada prato novo.

Rigo perguntou sobre a vida de Nicole em L'Annique. Ela lhe contou sobre a propriedade rural, La Petite, e a vida relativamente calma que levava. Seu coração lamentou a perda do paraíso isolado que havia criado para ela e a filha. A filha que ele ainda não tomara nos braços...

No momento em que o garçom veio retirar a louça do último prato, Nicole sentia-se satisfeita e recusou a sobremesa. Rigo concordou, dispensando o garçom, que se afastou depressa, deixando-os a sós.

– Tenho algo para lhe dar – disse ele.

Nicole observou-o enfiar a mão no bolso do casaco e pegar uma pequena caixa de acrílico cinza, com uma rosa prateada pintada na parte superior. Ela frequentou Paris o suficiente, no passado, para saber que a caixa era da Fournier, uma das mais sofisticadas joalherias da cidade. Sentiu um aperto no peito, enquanto ele colocava a caixa sobre a mesa, à sua frente.

Sem dizer uma palavra, abriu a tampa e a ergueu para examinar o anel de diamantes que se encontrava no interior.

– Isto deve ter custado... uma fortuna – murmurou, sem saber mais o que dizer, enquanto colocava a caixa de volta na mesa.

– É para você usar, Nicole. Não para decorar a mesa.

Quando ela não se moveu, ele se inclinou para a frente, retirou o anel da caixa e estendeu o braço em sua direção. Ela pousou a mão sobre a palma da mão dele e o observou deslizar o anel em seu dedo da mão direita.

Rigo examinou o resultado final antes de lhe soltar a mão.

– Pronto. Agora você é oficialmente minha noiva.

Nicole olhou para o homem com quem havia concordado em unir sua vida e tentou resistir ao impulso de arrancar o anel tão firmemente fixado em seu dedo. Mordendo o lábio, rodou o vinho restante no copo algumas vezes.

Naquele instante, o telefone de Rigo tocou. Ele retirou um dispositivo elegante preto do bolso e franziu a testa ao olhar para a tela.

– A imprensa chegou.

– Eles estão aqui? – Nicole respirou, olhando em volta como se esperasse que câmeras começassem a espocar nas paredes.

Ele assentiu.

– Do lado de fora. Está na hora de sairmos. – Ele se ergueu e fez sinal para o garçom pegar seus casacos.

Nicole cobriu os ombros com o agasalho leve e apressou-se para alcançá-lo. Rigo parou pouco antes de a porta se abrir, virou-se e segurou-a pela mão. Sua pele era quente e firme em contato com a dela e estavam tão próximos que ela podia sentir o cheiro inebriante da loção pós-barba.

– Tudo o que precisa fazer é agir com naturalidade.

Nicole assentiu, e suas entranhas tremiam com a familiaridade da situação.

– Agir com naturalidade. – Que paradoxo. Não havia nada de natural naquele relacionamento... Nada para ajudá-la a se sentir confortável ao lado de Rigo. Fizera aquilo mil vezes, esperando com expectativa, antes de desempenhar seu papel para a imprensa. Só que desta vez não estava sozinha.

Rigo deu um passo à frente e o burburinho maçante da multidão lá fora se propagou pelo ar. Nicole mal teve tempo de vislumbrar o primeiro flash, antes de ele se inclinar e lhe cobrir os lábios com um beijo que a deixou sem fôlego. Momentaneamente atordoada, ela não ousou se mover, enquanto o perfume de Rigo a seduzia e seus antebraços musculosos lhe estreitavam a cintura, moldando-a aos ângulos planos e rígidos de seu abdômen.

Os lábios dele tornaram-se mais exigentes. A língua, quente e firme, movia-se em um ritmo pecaminosamente erótico. Com uma das mãos Rigo afastou-lhe o cabelo para trás e lhe emoldurou o rosto, o calor de sua palma parecendo queimá-la. Nicole gemeu baixinho, começando a ceder às deliciosas sensações. Nesse instante, ele pôs fim ao beijo tão rápido quanto havia começado.

– Certifique-se de exibir o anel. – A voz soou baixa e rouca ao ouvido dela, quando ele a virou, para juntos enfrentarem a parede de câmeras.

CAPÍTULO 4

Rigo apoiou ambas as mãos na bancada de mármore do banheiro da suíte máster. Respirou fundo e exalou o ar com força em uma tentativa de aliviar a tensão. Havia planejado aquele beijo, porque sabia que uma foto dos dois, agindo com naturalidade, os levaria às primeiras páginas dos tabloides. Mas sua reação o pegou totalmente de surpresa.

Estava estressado, era a única explicação lógica para um homem adulto precisar lutar contra sua libido após um beijo.

Fechando a expressão para o seu reflexo no espelho, decidiu tomar uma chuveirada fria para clarear a mente. Desabotoou a camisa, dobrou-a e colocou-a no cesto de roupa, fazendo o mesmo com a calça. Havia acabado de remover a cueca quando a porta do banheiro se abriu de repente.

Nicole fitou-o por alguns segundos, antes de se virar para o outro lado.

– Ah, Deus... desculpe! – murmurou, cobrindo a boca com a mão.

Rigo lutou contra o impulso de rir da reação inocente diante do seu corpo nu. Nicole não era nenhuma virgem tímida, disso ele estava certo.

– Não é nada que você não tenha visto antes – proferiu, deleitando-se com o evidente desconforto. – Não há necessidade de bancar a donzela.

– Não estou bancando nada. – Ela respirou fundo. – E não convém ficar relembrando fatos do passado que ambos queremos esquecer.

– Será que se sente perturbada ao lembrar da nossa noite juntos? – Ele deu dois passos à frente, o desejo de estender a mão e puxá-la para si era quase doloroso.

Nicole virou-se para encará-lo.

– É melhor não falarmos sobre este assunto, é tudo – disse ela, mantendo os olhos fixos no queixo dele. – Só preciso pegar minhas coisas, depois vou para o outro banheiro. – Ela apontou para os itens de higiene pessoal espalhados ao acaso sobre a bancada.

– Não, eu vou. – Rigo passou por ela, notando seu corpo ficar tenso quando esbarrou no braço dela.

– Obrigada. – Nicole pegou depressa suas roupas de dormir em uma gaveta e entrou no banheiro, sem olhar para trás.

Rigo declinou do plano de tomar um banho frio, decidindo que um uísque com gelo talvez fosse melhor. Havia acabado de vestir uma calça de moletom folgada quando ouviu um estrondo vindo de dentro do banheiro.

– Está tudo bem? – Ele fez uma pausa, com os dedos na maçaneta.

O farfalhar de um tecido e um gemido feminino delicado podiam ser ouvidos através do painel fino da porta de madeira entre eles.

– Você precisa de ajuda? – insistiu ele, desejando, desesperadamente, que a resposta fosse não.

– Estou bem – gritou ela, mas sua respiração soava forçada.

Momentos se passaram antes de a porta se abrir e Nicole surgir vestida com uma camisola rosa simples. O cabelo em desalinho a tornava ainda mais atraente, e Rigo tentou desviar o olhar, mas não antes de notar um arranhão vermelho em seu ombro.

– *Madre di Dio*, o que aconteceu? – Ele olhou além dela, observando os frascos de loções e cremes espalhados ao longo da bancada e no chão.

– Nada, apenas escorreguei. Acho que rasguei meu vestido – disse em tom tímido, segurando uma pilha de tecido vermelho.

Rigo estendeu a mão, tocando a pele avermelhada em seu ombro.

– Estou mais preocupado com o seu braço do que com o maldito vestido. Preferia mesmo se arriscar a quebrar a cabeça a me pedir ajuda?

– Como eu podia imaginar que tirar um vestido fosse tão perigoso, não é? – Ela deu de ombros e se afastou. – Vou sobreviver, eu acho. – Nicole passou por ele e pendurou o vestido rasgado. – Gostaria de tentar costurá-lo eu mesma, mas sou péssima em qualquer coisa que exija precisão.

– Isso não me surpreende. – Ele olhou de modo incisivo para os sapatos dela no chão.

– O que quer dizer com isto? – perguntou ela, levando as mãos aos quadris.

– Você provocou um minitornado no meu banheiro, por exemplo. – Ele apontou para os inúmeros frascos e pincéis espalhados ao redor do banheiro normalmente impecável.

– Não foi de propósito. Eu caí. Mas não me importo com organização. Tenho notado que você é um fanático por arrumação. Estou quase com medo de tocar nas coisas do armário.

– Gosto de ter tudo limpo e organizado. – Ele deu de ombros.

– Bem, eu sou uma bagunceira. – Nicole pegou um par de meias cor-de-rosa macias e as enfiou nos pés.

Era estranho vê-la daquele jeito. Rigo não se lembrava de ter visto uma mulher em trajes de dormir. Mas, afinal, nunca viveu com uma mulher antes. Havia passado noites com ex-namoradas, é claro. Mas elas nunca tiravam a maquiagem e suas *lingeries* deixavam muito pouco para a imaginação.

O rosto de Nicole estava corado por causa da luta que ela travou com o zíper do vestido, o restante da pele clara contrastava com o tom escuro de seu cabelo ondulado. A camisola que ela usava lhe chegava à altura dos joelhos, o que não podia ser considerado uma arma de sedução. Mas mesmo assim a visão daqueles seios fartos e redondos delineados contra o tecido leve de algodão fez a libido dele despertar mais uma vez.

– Isto é o tipo de coisa que pode pôr fim a um casamento, sabia? – brincou Nicole, interrompendo os pensamentos nada inocentes que passavam pela mente de Rigo. Diante do seu olhar perplexo, ela pegou os sapatos no chão e depressa procurou um lugar para guardá-los. – Minha mãe deixou o terceiro marido porque ele mastigava muito alto. Ela dizia que tinha vontade de pôr veneno na comida dele.

Rigo arqueou uma sobrancelha, observando-a mover alguns itens no closet.

– Então minha organização será o motivo de nosso divórcio? – perguntou.

– Se eu não o deixar louco com a minha bagunça antes disso.

– Você parece bastante obcecada pela eventualidade de nosso casamento acabar – disse Rigo, observando o sorriso morrer nos lábios de Nicole.

– Por que fazer um acordo pré-nupcial, se não se espera um determinado resultado? – respondeu ela, dando um passo para fora do closet e fechando a porta ao sair. – Vivenciei inúmeros casamentos da minha mãe para não me deixar iludir. Casamentos terminam, Rigo.

Ele caminhou até ela.

– E quando este, inevitavelmente, terminar, o que pretende fazer depois? – perguntou, surpreso por querer de fato saber a resposta.

– Quer saber se vou procurar outro marido rico como minha mãe sempre fez? – Ela ponderou por um momento. – Ou se será o primeiro e o último da minha carreira ilustre?

Rigo aproximou-se, irritado por ela, mais uma vez, distorcer suas palavras. Mas logo percebeu que foi um erro. Então, estacou, o perfume cálido e sensual o atraía. Notou a dilatação reveladora das pupilas dela, quando seus olhares se encontraram. Podia simplesmente levá-la para a cama e permitir que ambos cedessem à força do desejo que ardia entre eles. Nicole o queria com a mesma intensidade. Era evidente pelo modo como umedecia os lábios com a ponta da língua.

Meros centímetros separavam os seus corpos. As mãos de Nicole pousaram nos ombros dele, claras e delicadas contrastando com a pele morena. Ele a envolveu pela cintura, sentindo a curva suave sob as pontas dos dedos. Tudo o que queria era lhe arrancar todas aquelas roupas e constatar se as lembranças daquele corpo nu eram simplesmente um exagero do seu cérebro.

Alguns segundos se passaram, até que ela por fim se afastou. Rigo quase gemeu com um misto de alívio e decepção.

Nicole afastou uma mecha de cabelo para trás da orelha.

– Isto é apenas uma consequência do fato de sermos forçados a viver tão próximos. – Ela se sentou na cama com as pernas dobradas. – Eu vou dormir.

Rigo piscou, tentando convencer o corpo a seguir o mesmo caminho que a mente. Não conseguiria pegar no sono tão cedo. Sua respiração ainda estava pesada, igual à de Nicole. O rubor que lhe tingia as bochechas era bastante evidente, quando ela se deitou e puxou as cobertas.

– Tenho trabalho a fazer – disse ele com a voz rouca, desejando colocar um pouco de distância entre ele e a presença sedutora. – É provável que eu já tenha saído amanhã antes de você acordar, mas Alberto ficará à sua disposição, se precisar de algo. – Rigo deixou o quarto, tentando não reparar na forma como sua pele parecia tão clara e convidativa em contraste com os lençóis escuros.

Não sabia por que a facilidade com que Nicole estabelecia limites o incomodava. Afinal, ele havia feito o mesmo, não é? Devia se sentir grato por ela não o perseguir descaradamente para tentar obter mais vantagens daquela situação...

Uma viagem até Nova York prolongou-se por mais tempo que o previsto, passando-se quase uma semana, até Rigo poder voltar ao solo francês. Após vestir o terno de noite em seu jatinho, chegou ao apartamento faltando apenas dez minutos para o horário programado para saírem para a festa de noivado.

A babá, uma senhora de meia-idade, encontrava-se na sala de estar com Anna nos braços. O bebê sorria, claramente feliz por estar no colo da mulher.

– *Monsieur* Marchesi. – Com um sorriso, ela caminhou na sua direção, gesticulando para ele pegar a criança.

Rigo negou com a cabeça.

– Preciso dar um telefonema. – Tentou se afastar, mas a mulher apenas sorriu e colocou a criança suavemente em seus braços, não lhe dando mais chance de protestar.

– Volto dentro de um minuto. – Ela olhou para a menina. – Veja como está contente nos braços do papai.

Rigo ficou paralisado vendo a babá se dirigir à cozinha. Seus braços pareciam estranhos. A criança era leve como uma pluma e ainda assim ele sentia como se estivesse segurando uma pedra sólida contra o peito. O que estava fazendo? Era exatamente por aquele motivo que vinha evitando o apartamento. Deveria apenas ter pego Nicole na porta, como planejara.

Anna fitou-o com seus olhos azuis repletos de curiosidade. Em seguida, estendeu a mão para pegar sua gravata de cetim brilhante, puxando-a para fora do lugar e franzindo a testa. Rigo sentiu vontade de rir da tenacidade da criança, mas respirou aliviado quando a babá, por fim, voltou, com uma mamadeira de leite nas mãos. Ele devolveu o pacote de olhos azuis curiosos à mulher, murmurando algo sobre dar um telefonema, e saiu para a paz e reclusão do terraço.

Curvando-se sobre a balaustrada, sentiu a respiração chiar por entre os dentes cerrados. Os últimos raios de sol do entardecer desapareceram e um punhado de estrelas surgiu no céu acima da icônica Torre Eiffel, a distância. Normalmente aquela vista espetacular costumava acalmá-lo, até mesmo após o mais agitado dos dias. Mas naquele momento, nada podia acalmar os demônios silenciosos do passado que ameaçavam escapar dos recônditos de seu subconsciente.

Rigo pensou que o maior de seus problemas era manter a atração inconveniente que sentia por Nicole sob controle, mas parecia que esquecera totalmente de elaborar um plano para lidar com o fato de que era pai. Sua filha era uma verdadeira Marchesi, estava bem claro agora, embora ele tivesse ignorado as semelhanças no início. Mas desde que ela passou a fazer parte da sua vida, sentia-se cada vez mais atraído pela menina.

Estava falando sério quando disse a Nicole que pretendia desempenhar um papel na vida da filha. Só não fazia ideia de como começar. Como podia se desculpar com uma criança por perder seus primeiros seis meses de vida?

Rigo passou a mão pelo queixo, sentindo a tensão nos músculos que pesavam feito chumbo sobre seus ossos. Tudo o que queria era que o tempo passasse bem rápido até aquele casamento terminar. Então ele e Nicole poderiam seguir suas vidas separados. Talvez fosse melhor para a criança do que um estranho virtual perturbá-la, tentando bancar o seu pai.

Meneou a cabeça, banindo todos os outros pensamentos da mente. Aquela festa de noivado seria uma oportunidade para sua empresa pôr fim publicamente aos rumores. Trezentos convidados da alta sociedade se reuniriam para celebrar aquela união, e o Grupo Marchesi ficaria em evidência, aproveitando a oportunidade para lucrar com a exposição.

Seu plano foi um sucesso desde o momento em que a primeira foto do beijo dos dois estampou os tabloides. Fotos do anel de Nicole viralizaram na internet e de imediato a vida dela se tornou alvo de interesse. Saíam matérias nas revistas, falando sobre seu passado como estrela mirim e a subsequente luta como atriz foi desenterrada. Mas no geral, a publicidade foi positiva. A mídia estava alvoroçada com aquela mudança repentina dos acontecimentos, e os acionistas logo voltaram a investir na empresa.

Para uma casa de moda, de fato não havia melhor publicidade do que o badalado e suntuoso casamento de seu presidente. A equipe de assessores assumiu o controle total do evento, restando a ele apenas a tarefa de assinar papeladas. A data foi marcada e a documentação preparada. Quando aquela noite chegasse ao fim, o mundo inteiro estaria ansioso, esperando para acompanhar o casal mais comentado da Europa até o altar.

Jamais permitindo o acesso da imprensa à sua vida pessoal, estaria mentindo se dissesse que não era intrusivo. Mas era necessário. Tão logo ele e Nicole se casassem, voltariam a fazer passeios seletivos como um casal, mantendo Anna totalmente protegida da mídia.

– Não tinha certeza se você ia chegar a tempo.

A voz de Nicole soou atrás dele e Rigo virou-se, arregalando os olhos diante da visão da bela mulher junto à porta aberta. Ela era de tirar o fôlego.

O belo cabelo escuro ondulado estava preso de lado, em um penteado que o fez lembrar as antigas atrizes de Hollywood. Os olhos pareciam mais sensuais e intensos. Um sedutor batom vermelho lhe realçava os lábios carnudos. Rigo sentiu a garganta secar lentamente à medida que apreciava o caimento impecável do vestido, azul-claro, que parecia delinear cada curva daquele corpo maravilhoso. Aos poucos, ele reconheceu o traje como uma das peças exclusivas da coleção de outono da sua própria grife. Uma mistura sofisticada de rendas e brilho. O efeito geral era hipnotizante.

Ao notar a provocante fenda lateral que deixava a coxa de Nicole quase toda à mostra, seu pulso acelerou. Clareou a garganta, percebendo que ela o fitava com expectativa e ele continuava calado.

– Jamais faltaria com a palavra à minha noiva. – Ele olhou para o relógio. – Quando eu disse às 19h, não quis dizer com precisão militar.

– É difícil se atrasar com uma equipe fantástica de maquiadores e cabeleireiros. – Ela sorriu. – A propósito, obrigada por ter providenciado tudo.

Rigo deu de ombros.

– Você precisa causar uma boa impressão esta noite. – Ele olhou para as pernas esbeltas mais uma vez, sentindo a mandíbula enrijecer em resposta. – Precisamos ir agora. – Passou por ela, e se viu momentaneamente envolto pelo doce aroma de seu perfume, antes de cruzar a sala com passadas largas em direção à porta. Nicole despendeu alguns minutos falando com a babá e depois o seguiu com uma expressão confusa no olhar.

Rigo não se importava que ela ficasse chateada com a falta de elogios da sua parte. Aquela seria uma festa de noivado, não um encontro. E quanto mais se sentissem desconfortáveis perto um do outro, até aquele casamento acabar, melhor.

NICOLE PRENDEU a respiração quando o carro parou. Flashes brilhantes espocavam do lado de fora em um ritmo constante. Rigo, por fim, terminou um telefonema, que o ocupou durante toda a viagem, e o motorista abriu a porta.

Esboçando seu melhor sorriso, ela saiu atrás do noivo, aceitando o braço dele como apoio, enquanto se dirigiam à fonte do burburinho.

Os clarões das câmeras vinham de todas as direções quando eles pararam nos degraus inferiores do hotel para posar para os fotógrafos. Repórteres faziam perguntas em francês, italiano e inglês. Algumas inocentes, sobre o casamento próximo e o vestido que ela estava usando naquela noite. Mas um jornalista em particular não perdeu tempo em atacá-la com uma pergunta grosseira.

– Qual é a sensação de ter fisgado um bilionário, srta. Duvalle? – perguntou em tom ácido. – Sua mãe deve estar muito orgulhosa.

Nicole manteve um sorriso frio nos lábios, ignorando a tentativa de provocação. Sua pele formigava na base da coluna vertebral, onde a mão de Rigo se encontrava. Ela o fitou de relance. Ele parecia à vontade, exibindo o mesmo sorriso que usava para toda a imprensa. Também lhe dirigiam perguntas, a maioria sobre o recente salto nas vendas da coleção *prêt-à-porter* da grife Marchesi e do subsequente aumento do valor de suas ações. Ninguém lhe perguntava sobre seu passado sexual ou faziam suposições sobre seu caráter. Tratavam-no como uma pessoa. Eles o respeitavam.

Nicole concentrou-se em sorrir para as câmeras, movendo o corpo de modo que os fotógrafos pudessem tirar boas fotos do vestido.

– Está muito coberta, Nicole. – Um jovem jornalista sorriu. – Seu noivo não permite vestidos ousados?

– Você ainda tem problemas com álcool? – perguntou outro.

– Como planeja conciliar as responsabilidades da maternidade com o seu casamento?

Nicole engoliu em seco enquanto as farpas continuavam sendo atiradas. Os assessores de Rigo foram bem claros com respeito às perguntas que eles deviam responder e às que deviam ignorar. Mas parecia que quanto mais ela ignorava os ataques dos repórteres, mais eles a atacavam.

Rigo parecia tranquilo, mas ela sentia como se tivesse 14 anos de novo, sendo empurrada para a mira dos *paparazzi*, como um bife suculento atirado a uma matilha de cães famintos. Todos queriam um pedaço da filha da viúva de ouro. Queriam que ela fosse tão escandalosa quanto a mãe.

– E o bebê, Nicole? Quem irá promover o aparecimento da pequena Anna nas revistas?

Nicole gelou.

– Quem fez esta pergunta? – gritou, incapaz de controlar aquela reação.

Sua voz foi abafada pelo mar de ruídos. Rigo apertou o braço dela, tentando conduzi-la para a frente ao longo da linha, mas ela se manteve firme.

– Quem foi? – perguntou mais uma vez, a voz soando um pouco mais alta agora. – Não haverá nenhuma conversa sobre a minha filha, entenderam?

Nicole estava vagamente ciente da mão de Rigo deslizando ao redor de sua cintura e virando-a para si.

– Sorria e caminhe – murmurou ele em tom áspero, a respiração morna tocando-lhe o pescoço.

Nicole estremeceu em resposta. Os dentes raspavam seu lábio inferior, enquanto ela lutava contra o desejo insano de encolher-se de encontro ao peito dele e abafar o barulho venenoso que os rodeava.

Por fim, esboçou um largo sorriso e permitiu que Rigo a conduzisse para longe dos flashes, subindo a grande escadaria de pedra do hotel. Uma vez seguros no interior e longe de olhares indiscretos, ele se virou para ela mal controlando a frustração.

– Você quase pôs tudo a perder lá fora – advertiu ele, sua voz soando baixo. Qualquer pessoa que passasse no saguão pensaria que eram namorados, sussurrando doces palavras de amor um para o outro.

– Eu consegui me controlar – disse ela calmamente.

– Mal. – Ele estendeu a mão e segurou-lhe o queixo, forçando-a a encará-lo. – Você precisa aprimorar seu talento para parecer impassível.

– Está dizendo que não se sente afetado quando falam o nome da sua filha? Quando falam como se ela fosse uma mercadoria a ser negociada?

– É o trabalho deles. Você precisa aprender a não se aborrecer com as críticas.

Nicole meneou a cabeça, incrédula. É claro que ele não se importava com Anna. Tudo o que importava para Rigo era a influência que aquele falso relacionamento causaria nos preços das suas ações.

Recuou um passo e tentou se recompor.

– Eu só não quero que falem da minha filha. Não ligo para o que pensam de mim.

Sem mais uma palavra, Nicole passou por ele e caminhou com passos decididos em direção ao elevador que os levaria ao salão de festas.

Rigo seguiu-a.

– Pelo menos pode fingir que está feliz por estar aqui?

Nicole lutou contra a vontade de revirar os olhos, fixou seu melhor sorriso nos lábios outra vez e se concentrou em manter o mínimo de contato físico humanamente possível com seu irritante acompanhante.

Ao chegarem ao amplo e suntuoso salão de baile, a tarefa de cumprimentar os convidados tornou-se ainda mais difícil. A cada nova apresentação, Rigo enlaçava-a pela cintura, em uma exibição de posse. Seu sorriso e olhares sedutores por certo não passavam de representação, e ainda assim ela sentia o pulso acelerar a cada mudança na pressão dos dedos dele através da renda do vestido.

Segundos depois, um homem parou casualmente à sua frente, inclinando-se para dar um leve soco no braço de Rigo. Nicole recuou um passo, o gesto a pegou de surpresa. Rigo não parecia perturbado. Na verdade, quase vibrou de felicidade ao reconhecer quem era.

– *Fratello!* Você veio. – Abraçou o homem, envolvendo-o pelos ombros. Depois de um momento recuou, rodeando a cintura dela com o braço mais uma vez. – Nicole, este é Valerio, meu irmão.

Ela ofereceu a mão e um sorriso educado, tentando ignorar a frieza no olhar do futuro cunhado. Exceto pelo fato de ambos terem olhos azuis, os irmãos eram bem diferentes. Rigo era alto e atlético, enquanto Valerio era mais baixo e corpulento. Mas sem dúvida compartilhavam a capacidade de fazer uma mulher se sentir totalmente desaprovada.

– Pensei que pelo menos *um* membro da nossa família deveria comparecer à sua festa de noivado – disse Valerio sem outro olhar na direção dela.

– Seus pais não se juntarão a nós esta noite? – perguntou Nicole a Rigo.

– Eles estão em um cruzeiro no oceano Índico – explicou ele. – Mas voltarão a tempo para o casamento.

Nicole assentiu, mordendo o lábio. Se o irmão de Rigo a desaprovava tão abertamente, não queria sequer pensar na reação da futura sogra. Ela olhou para a multidão de pessoas que os observava, as conversas sussurradas e olhares que não disfarçavam a curiosidade flagrante. Todos pareciam partilhar o mesmo pensamento: por que estavam ali? Era do conhecimento público que Rigo Marchesi se autodenominava um solteiro convicto. De repente, aparecia com uma noiva e uma filha de 6 meses, esperando que o mundo não se surpreendesse. O ridículo daquela situação, de súbito, tornou-se opressivo. Ela precisava de uma bebida. Ou três.

RIGO OBSERVOU quando Nicole cruzou o salão em direção ao bar. Ela havia pedido licença educadamente, mas ele sentiu sua tensão aumentar no momento em que entraram no salão. Ela estava no limite. E ele também.

– Então, sua noiva, hein? – O sorriso de Valerio não chegava aos olhos quando ele tomou um longo gole de uísque. – Quanto tempo mesmo? Uma semana inteira de namoro?

– O que posso dizer, maninho? Quando você já sabe. – Rigo deu de ombros.

– Toda esta situação é como se a história estivesse se repetindo. Tem certeza de que a criança é mesmo sua? – Valerio baixou a voz.

– Não vou enfeitar essa pergunta com uma resposta. – A mandíbula de Rigo enrijeceu.

– Sei que você não contou à mamãe ainda. Só porque ela está no meio do oceano não significa que não tenha um telefone, via satélite, a disposição.

– Achei melhor esperar até a viagem terminar.

– Você está com medo de dizer a ela. – Valerio sorriu. – Eu também estaria. Depois de ter se apressado em propor casamento à última.

Rigo sentiu cada músculo do corpo enrijecer pelo comentário ferino do irmão mais novo, que o fazia recordar de uma época em que era mais jovem e infinitamente mais ingênuo. Resistiu ao impulso de lhe desferir um soco e começar uma briga, como faziam quando eram garotos. Talvez adiasse essa atitude para o futuro, em um local menos movimentado.

– Basta deste assunto por esta noite. – Rigo fez um sinal para um garçom lhe trazer outra bebida. – Estamos aqui para brindar à minha linda noiva.

Rigo elevou a voz, atraindo os olhares de homens e mulheres que os cercavam e pondo fim àquela conversa íntima.

RESPIRANDO FUNDO, Nicole ignorou o rubor que fazia suas bochechas arderem e parou para pegar uma taça de champanhe de um garçom que passava. Não demorou muito para ser monopolizada pelos outros convidados. Todos queriam saber mais sobre a mulher que finalmente fisgou o evasivo Rigo Marchesi.

Os assessores de Rigo a aconselharam a se ater ao essencial e evitar perguntas embaraçosas sobre o tempo em que os dois ficaram separados. Depois de alguns minutos, ela sentiu os nervos relaxarem. De repente, se viu quase apreciando aquela farsa. Falava sobre o noivo com as palavras de afeto necessárias, referindo-se à sua relação com toda a paixão esperada de uma mulher que acabara de ser pedida em casamento.

Após a terceira vez recitando a mesma história, quase começou a acreditar que era verídica.

Como seria se fosse realmente verdade? Tomou um gole de champanhe e ouviu quando um grupo de mulheres ao seu redor elogiou de modo efusivo o seu anel. Como se sentiria se de fato fosse comprometida com Rigo Marchesi? Se aquela fosse uma celebração verdadeira do amor dos dois com os familiares mais próximos e amigos? Qual seria a sensação de ser a mulher que detinha toda a atenção dele?

Quando começou a descrever sua história fictícia pela quarta vez, percebeu uma comoção às portas do salão de baile. Uma mulher entrou, sua voz estridente suplantava a música suave da banda de jazz.

– Esta é a festa da *minha* filha, palhaço! – exclamou com um forte sotaque londrino e sorriu para a multidão de convidados. – Olhe para essa maldita lista outra vez.

Um segurança caminhou apressado até Goldie Duvalle e falou em voz baixa ao seu ouvido. Suas palavras fizeram as feições envelhecidas da mulher se contraírem de raiva.

Como uma cena em câmera lenta, as unhas pintadas de vermelho da mãe dela atingiram e arranharam a mandíbula do segurança.

Nicole queria que o chão se abrisse e a engolisse naquele momento. Olhou para Rigo do outro lado do salão e viu quando ele gesticulou para o segurança. O homem recuou, com a mão no rosto, enquanto Goldie esquadrinhava a multidão e logo a avistava.

– *Aí* está você, meu amor. – A mulher cruzou o recinto com seus saltos altíssimos e decote ousado e esmagou Nicole em um abraço dramático.

– Mãe, o que faz aqui? – Nicole manteve a voz baixa, afastando-se da desagradável exibição de afeto maternal.

– Estou aqui para comemorar seu noivado com o restante destas pessoas. – Goldie esboçou um largo sorriso. – Vou supor que meu convite se perdeu no correio e não falaremos mais nisto.

Nicole pigarreou, agradecendo em silêncio o fato de a banda começar a tocar uma música mais alta.

– Não a convidei, e você sabe por quê.

Os olhos de Goldie estreitaram-se por uma fração de segundos.

– Nada de drama em uma ocasião tão maravilhosa, meu amor. – Ela pegou a mão de Nicole, apertando-a num gesto ridiculamente materno. – Decidi que já estava mais do que na hora de fazermos as pazes depois da nossa pequena desavença. Não gostaria de perder o casamento da minha única filha por causa de um mal-entendido bobo.

Nicole sentiu a mandíbula enrijecer. *Um mal-entendido?* Ela reforçou sua resolução de não se rebaixar ao nível da mãe. Afinal, era a anfitriã naquela noite e desempenharia o seu papel.

– Se quiser ficar, ótimo. Não vou lhe dar mais cartaz, expulsando-a daqui, portanto aproveite a festa. Você já perturbou o suficiente.

Nicole esperava fazer uma retirada calma, mas devia saber que a mãe jamais facilitava as coisas para ela. Os olhos de Goldie endureceram de uma forma que ela conhecia muito bem.

– *Perturbei?* – A mulher elevou a voz, arqueando ambas as sobrancelhas. – Não sou uma criança rebelde. Eu só queria ver a minha filha. Isso é crime?

Nicole sentiu seu autocontrole chegando ao limite.

– Faz mais de um ano que não nos falamos. Você sequer procurou conhecer a própria neta.

A mãe segurou-lhe a mão, impedindo-a de se afastar, os olhos marejados de lágrimas.

– Tem razão, querida, eu tenho sido horrível. Mas precisa entender, você não quis me ouvir.

Nicole afastou a mão, massageando o pulso, onde as unhas da mãe haviam se cravado.

– Você ficou irritada por eu não querer vender a minha história à imprensa. Nada mais e nada menos.

– Eu estava *preocupada* com você! Não podia aceitar que minha única filha jogasse fora o seu futuro, planejando criar a filha sozinha quando podia viver no luxo. – Ela meneou a cabeça. – Mas, felizmente, esta discussão é inútil e sem efeito agora.

Goldie respirou fundo. Um sorriso brilhante enrugou suas feições envelhecidas.

– Olhe para você. Minha Nicole noiva de um bilionário, vivendo na cobertura dele... Estou feliz por você não ter deixado seus princípios tolos ficarem no caminho do bom senso.

Nicole sentiu náuseas ao ver o olhar de aprovação no rosto da mãe.

– Está tentando dizer que eu *quis* isto?

– Claro que não quis. – Goldie riu. – Não abertamente. Você é orgulhosa como seu pai, que Deus o tenha. Tem sorte por eu ter cuidado dos seus interesses, tornado tudo mais fácil para você agir com sensatez.

Nicole olhou para o sorriso da mãe, sentindo como se uma bola de gelo lhe atingisse a boca do estômago, enquanto as peças se encaixavam. Como podia ter sido tão cega, não querendo acreditar que a mãe seria capaz de algo tão frio? Ninguém sabia quem era o pai de Anna.

Goldie continuou, alheia a qualquer problema.

– Você é mãe agora, sabe que desejamos sempre o melhor para nossos filhos. – Ela pegou uma taça de champanhe de uma bandeja nas proximidades e ingeriu a bebida de um só gole. – Não há necessidade de me agradecer por meus esforços. Deus sabe que nunca imaginei que o tolo fosse lhe propor casamento, então não posso receber os créditos por esse feito. Tudo o que peço é que você não o deixe escapar agora que o fisgou.

A mulher deu uma piscadela e aquele gesto levou Nicole ao limite.

– Foi *você*. – A voz soou oca e estridente aos próprios ouvidos. – Você deu aquela entrevista, não é?

– Não se preocupe, não me identifiquei. Ninguém jamais ficará sabendo.

– *Eu* saberei! – Ela forçou as palavras a saírem, a emoção lhe fechando a garganta. – Como pôde?

– Não aja como se eu fosse uma vilã. – Goldie sacudiu um dedo no rosto de Nicole. – Nós duas sabemos que lhe fiz um favor. Quero dizer, o que mais você poderia fazer com o histórico da sua carreira, a não ser casar por dinheiro? É o nosso pequeno negócio de família. – Ela deu uma risada breve, parando ao ver a expressão de Nicole se fechar. – Tudo o que eu queria era uma vida normal para a minha filha...

Nicole engoliu em seco. Era inútil tentar explicar o conceito de normalidade para a mãe, uma mulher que lutou para conseguir o estrelato desde o momento em que saiu de casa, aos 16 anos, para se tornar modelo. Tudo sempre foi como Goldie queria. O resto não importava. Ela não se sentia capaz de lutar contra a lógica narcisista da mãe agora.

O sorriso de Goldie transformou-se rapidamente e Nicole sentiu o toque de dedos fortes e quentes em seu quadril. O perfume de Rigo, que agora ela conhecia tão bem, envolveu seus sentidos. Evitou encará-lo com medo de que, de alguma forma, pudesse perceber sua vergonha. Ele tinha um péssimo conceito ao seu respeito, e se descobrisse que a mãe dela foi o catalisador por trás de toda aquela confusão, jamais acreditaria que ela não teve nenhum envolvimento.

– Sra. Duvalle, é um prazer conhecê-la. – Rigo sorriu e segurou a mão da mulher.

Nicole sentiu-se nauseada ao ver a flagrante expressão de apreciação feminina no rosto da mãe, que pousou as unhas pintadas de vermelho sobre o antebraço de Rigo.

– Em breve me tornarei srta. Duvalle, receio. – Ela piscou duas vezes seguidas. Um brilho úmido surgiu em seus olhos. – O marido número sete não teve tanta sorte afinal. A menos que considere sua sorte com qualquer mulher, exceto sua esposa.

– Sinto muito. – A voz de Rigo soou sincera, e sua mão continuava espalmada casualmente sobre o quadril de Nicole.

Ignorando as sensações que a mão dele ameaçava evocar, ela engoliu o caroço que se formou em sua garganta ao ouvir as palavras de Goldie.

Então foi por *isso* que ela havia esperado até agora para vender aquela história aos tabloides, pensou Nicole. A vida pessoal da filha não representava nada, além de uma maldita apólice de seguro para quando o seu último casamento terminasse.

– Estou bem mais interessada na *sua* boa notícia. – Goldie tocou no braço de Rigo mais uma vez. – Eu esperava que pudéssemos comemorar juntos em particular... como uma família.

Foi o que bastou para Nicole. Não podia ficar lá nem mais um segundo, ouvindo as palavras vazias da mãe. Afastou mão de Rigo, pediu licença e se dirigiu às portas mais próximas com tanta rapidez quanto foi capaz. A raiva e a dor com a traição da mãe, eram intensas demais. Ela precisava escapar.

CAPÍTULO 5

NICOLE CAMINHOU até o hall dos elevadores e exalou o ar lentamente. Sete andares abaixo do mezanino do salão de baile, ela podia ver o pessoal do hotel trabalhando e hóspedes transitando em torno da fonte no saguão. O murmúrio da água calma e o burburinho de vozes distantes pareciam absurdamente tranquilos em comparação à tormenta de emoções que se agitavam em seu interior.

Tinha que contar a Rigo. Desonestidade não condizia com a sua personalidade. Com o que ele sabia sobre a mãe dela, aquela confissão não o pegaria de surpresa. Mas se fosse honesta consigo mesma, simplesmente não gostaria que ele soubesse a verdade.

Não queria lhe revelar que a principal razão para o seu desaparecimento, um ano antes, tinha menos a ver com ele e mais com a mãe, que naquela ocasião esperava usar a neta, que nem havia nascido, para se promover junto à mídia. E talvez o mais embaraçoso de tudo era que, em vez de se manter firme, ela preferiu fugir. Como fez agora.

Era de fato tão fraca que não podia sequer ser enérgica para defender a própria filha agora? Um ano atrás, estava grávida e assustada. Procurou a mãe no momento em que mais precisava dela, mas foi recebida com nada além de egoísmo e ganância. "O bebê de um bilionário!", Goldie praticamente gritou de prazer. E Nicole de imediato reconheceu seu erro. Como pôde ser tão tola em pensar que podia contar com a mãe para algo que não fosse do seu próprio interesse?

Por mais incrível que pudesse parecer, não estava aborrecida. Há muito parara de derramar lágrimas por coisas que não podia mudar. Apenas se odiava pelo modo como sempre parecia deixar a mãe assumir o controle de sua vida. Havia caído como um patinho no plano de Goldie e se arrependia de ter pedido ajuda a Rigo. Com certeza não devia ter aceitado a sua proposta.

Talvez ela *fosse* igual à mãe.

O pensamento a fez prender a respiração por um momento. Seria possível? Seria de fato aquela pessoa que achava que o mundo inteiro conspirava contra ela, quando na verdade era exatamente o que diziam que ela era?

O elevador chegou e ela entrou apressada. As portas começaram a se fechar, mas de repente foram paradas.

– Aonde pensa que vai? – A voz de Rigo soou baixa, quando ele moveu o ombro contra a porta do elevador, impedindo-a de escapar.

– Eu não sei... – Nicole respirou fundo. – Apenas precisava sair de lá.

– Não havia necessidade de cruzar o salão em disparada, chamando a atenção de todos.

Ela gemeu por dentro. Claro, todos haviam notado e deviam estar especulando sobre o que teria acontecido. Ela encostou a cabeça contra a parede de mármore sólido do elevador, preparando-se para o que sabia que viria em seguida.

– Nicole? – disse ele, a voz exigindo uma resposta.

– Não posso me casar com você. – Ela se forçou a encará-lo enquanto os olhos dele escureciam. – Não posso seguir com este casamento.

Rigo ficou em silêncio, permitindo que seu olhar lhe percorresse as feições por alguns instantes, antes de ele entrar no elevador e deixar as portas se fecharem.

Nicole endireitou-se, sentindo-se encurralada.

– Estou falando sério, Rigo.

– Eu ouvi. – Ele alcançou o painel de luzes na parede atrás dela e pressionou um botão. Uma voz soou do alto-falante e Rigo respondeu em francês fluente, olhando brevemente para a câmera de segurança no canto. O elevador deu um solavanco e começou a subir.

– Para onde estamos indo? – perguntou Nicole, segurando-se no corrimão, enquanto continuavam a subir cada vez mais em direção à cobertura do hotel.

– Para algum lugar onde possamos falar em particular.

As portas do elevador se abriram, revelando um corredor com três portas duplas separadas com placas douradas com os nomes de ex-presidentes franceses.

Nicole seguiu-o de perto, com os pés doendo por causa dos sapatos de salto alto, enquanto ele entrava na primeira porta. A suíte era enorme, com paredes pintadas de cinza-claro e tetos abobadados. Os móveis de mogno antigos pareciam ter décadas, com os pés em formato de garra e componentes de prata polida.

– Eles permitem que você use a suíte mais cara do hotel para conversas particulares?

– Eles permitem que eu faça o que quiser. – Rigo deu de ombros.

– Eu diria que esse tipo de liberdade é bom. – Ela mordeu o lábio inferior, sentindo as emoções dos últimos dias ameaçando subjugá-la.

– Estamos sozinhos agora. Então fale.

Rigo encostou-se na lateral de uma mesa de jantar, fitando-a com tamanha intensidade que a fez estremecer por dentro. Como podia lhe dizer o que se passava em sua mente agora? Tudo o que sabia era que todo o seu ser estava lhe dizendo para fugir tão rápido quanto podia, para longe do hotel e daquele plano ridículo. Para longe dele.

Levando a mão ao peito, Nicole afastou-se do seu escrutínio, fingindo explorar a suíte um pouco mais. No caminho, passou a mão ao longo do espaldar esculpido de uma das cadeiras, outra antiguidade, pelo visto.

A mesa de jantar devia ter uns três metros de comprimento, meditou. E a sala terminava em uma parede com janelas francesas, que iam do chão ao teto, e se abriam para um terraço com um magnífico jardim. Ela girou a maçaneta, sentindo a brisa fresca da noite encher seus pulmões. Podia, por fim, respirar sem a horrível sensação de estar se afogando.

Ao sair para o terraço, ouviu os passos de Rigo atrás dela. Estava calado, e ela supôs que deveria se sentir grata por isso. Precisava relaxar se alimentava alguma esperança de voltar para a festa. É claro que voltaria. Não seria tão cruel a ponto de constrangê-lo, rompendo com ele em público, conforme ele a havia rejeitado antes.

A lembrança distante da risada de Rigo naquela boate ameaçou os limites da sua consciência. Mas ela não acreditava em olho por olho, dente por dente, não importava a gravidade do delito.

– Esta vista é de tirar o fôlego.

Nicole clareou a mente, inclinando-se sobre a amurada de pedra para espiar os telhados de Paris bem abaixo. Lá no alto, era como se fosse outro mundo, calmo e tranquilo. Poderia ficar ali para sempre, apenas contando as luzes que se descortinavam no horizonte. Se ela se movesse para a frente, apenas alguns centímetros, podia avistar a rua em que se localizava o apartamento de Rigo. Inclinando os quadris, curvou-se um pouco mais.

Duas mãos fortes a seguraram pelos ombros, afastando-a da beirada. Nicole podia sentir o hálito quente de Rigo tocando-lhe a pele nua do pescoço.

– Posso admirar a vista a distância, mas não gosto de me inclinar sobre a borda.

A voz dele era como chocolate em seus sentidos desgastados.

– Eu estava apenas olhando.

– Engraçado, costumo me dizer a mesma coisa. – Ele correu um dedo pelo braço dela, traçando uma linha imaginária até sua clavícula. – Mas continuo sempre fazendo isso quando tenho chance.

Nicole engoliu em seco. A mão de Rigo em sua pele nua a excitava. Arrepios percorriam-lhe os ombros e a sensação parecia se mover de forma constante para baixo.

Se um toque podia fazê-la se sentir daquela maneira, o que os lábios dele não fariam, refletiu. O pensamento a surpreendeu, deixando-a furiosa consigo mesma, irritada por ele ter começado tudo aquilo.

Ela se virou.

Rigo deu um passo à frente, deixando a mão cair outra vez ao lado do corpo.

– Imagino que esteja acostumada a homens agindo como tolos ao seu redor.

Nicole riu daquela declaração ridícula e empurrou uma mecha de cabelo para trás da orelha.

– No ano passado, em Paris, foi a primeira vez para mim. Com você.

Rigo não fazia ideia do quanto aquela declaração era reveladora. Tinha sido a primeira vez. Ele foi *o* primeiro. Não que ela pretendesse admitir tal fato.

Ele sorriu.

– Você sabe dizer o que eu gosto de ouvir.

Nicole tentou não deixar suas feridas transparecerem, enquanto Rigo dava outro passo à frente, quase queimando-a com o calor que emanava do seu peito musculoso. O que ele estava fazendo? Ela pousou as mãos em seus ombros, com a intenção de afastá-lo. Mas o corpo dele era como um muro de aço quente, moldado de encontro ao seu. Exalava poder e virilidade através do tecido do terno. Ela inclinou a cabeça para trás, sabendo que o estava encorajando a prosseguir, mas não se importava. Ele se curvou e alcançou-lhe o pescoço, depositando uma trilha de beijos até seu ombro nu.

– Fantasiei com este momento desde que a vi esta noite – sussurrou ele em seu ouvido, mordiscando-lhe a pele de leve. – Talvez bem antes disso.

Nicole desejou que Rigo parasse de falar para que ela pudesse se entregar por inteiro àquelas carícias. De repente, tudo o que desejava era que ele a levasse para a cama e a envolvesse com todo seu ardor, fazendo-a esquecer do mundo ao redor.

Mas ela não faria isso. Sabia, porém, que não teria uma desculpa para voltar a tocá-lo depois daquela noite. Se era para ser um adeus, então faria valer a pena.

Inclinou-se para a frente e pressionou os lábios sobre os dele. Foi um beijo suave... quase curioso. Sem perder tempo, Rigo segurou-a com firmeza pelos quadris, puxando-a mais para si. Ela podia sentir cada ângulo rijo de seu corpo através da renda fina do vestido, enquanto ele a aprisionava nos braços.

Nicole não percebeu o momento em que Rigo assumiu o controle, mas quando se deu conta ele já havia aprofundado o beijo, tornando-o íntimo e abrasador. Ela correspondeu, movendo a língua contra a dele em um ritmo constante. Ambos se deleitaram por tanto tempo que ela quase esqueceu de respirar, vagamente consciente quando ele a encostou na parede atrás dela.

Rigo envolveu-lhe os quadris com as mãos possessivamente. Ela segurou a frente da camisa dele e prendeu-lhe o lábio inferior com os dentes. Estava prestes a perder o controle, mas não se sentia disposta a parar. Sentia-se bem demais para desistir agora. Precisava saber se a realidade correspondia às lembranças da noite que passaram juntos. Era como voltar no tempo. Reviver um sonho. Também havia tomado a iniciativa de beijá-lo naquela noite.

O pensamento a deteve.

Nicole estacou, espalmando as mãos sobre o peito de Rigo. Era uma ideia tão ruim agora quanto foi na primeira vez. Não cometeria o mesmo erro duas vezes. Afastou-se, recuando até o parapeito, como se a distância, de alguma forma, pudesse diminuir o calor latente que ainda brilhava nos olhos dele.

Rigo sorriu, mas não era bem um sorriso. Não havia nenhum indício de divertimento em seu olhar.

– Isto não é um jogo, Nicole. – Ele se encostou à parede, olhando para ela. – Não permitirei que me use como distração para o que quer que tenha em mente.

– Eu assumo a culpa por esta... – Ela respirou fundo, endireitou o vestido e envolveu o peito com os braços para se proteger da súbita brisa fria.

Lembrou-se da razão que os trouxe ali, a conversa que ela teve com a mãe. Sentiu-se à deriva, mais uma vez.

– Bem, você estava dizendo que não ia se casar comigo? – disse Rigo em tom frio.

Nicole mordeu o lábio diante da sua aspereza.

– Eu não posso. Não agora que sei... – Ela meneou a cabeça, um arrepio percorrendo seus braços nus. A temperatura por certo era alguns graus mais baixa naquela altura, mas não era apenas esse o motivo que a fazia sentir tanto frio.

Rigo suspirou, retirou o paletó com um movimento suave e o ofereceu a ela, sem dizer uma palavra. Nicole aceitou de bom grado, cobriu os ombros rapidamente e de imediato lamentou a decisão. O tecido ainda guardava o calor do corpo dele. O perfume era tão divino que fazia sua cabeça girar. Devia ser pecado cheirar tão bem... O pensamento divertido não aliviou a tensão em seu interior.

– Está chateada pela chegada da sua mãe? – perguntou ele. – Ou ainda é pelas perguntas dos *paparazzi*?

– Deixe isso para lá – pediu Nicole, sentindo um frio na barriga ao lembrar o que a mãe havia lhe revelado. – Não é da sua conta.

– Na verdade, é. Não posso arriscar que você entre em atrito com os fotógrafos, quando estamos tentando construir uma imagem juntos. Não importa o que eles digam para provocá-la.

– Gostaria de ter sido mais incisiva, Rigo. – Ela balançou a cabeça. – Tudo o que fiz foi tentar me defender pela primeira vez. E no fim acabei desistindo.

– Segundo a minha experiência, o silêncio às vezes é a opção mais segura.

– Talvez eu esteja cansada de ficar calada, de permitir que decidam tudo por mim.

Nicole se lembrou de como sempre foi manipulada pela mãe. Uma gélida onda de embaraço inundou-lhe as veias. Ela e Rigo eram muito diferentes. Ele cresceu, aprendendo a valorizar a privacidade e sempre escolhia o momento certo para divulgar seus casos. Ela, por sua vez, no momento em que nasceu, começou a ser usada pela mãe, que só pensava em publicidade. Aos quatro dias de nascida fez sua primeira sessão de fotos. Aos 3 anos deu a primeira entrevista individual.

– É isso que você realmente pensa deste casamento? – A voz de Rigo soou austera. – Ninguém a está encurralando em um canto, Nicole.

– Eu me importei demais com as implicações. Pensei que estava fazendo a escolha certa.

– Você se importou *demais*? – Ele riu. – Se eu soubesse que estava concordando em me casar com uma mártir talvez tivesse pensado em uma alternativa.

Nicole lutou contra a emoção que fazia sua garganta arder. As palavras de Rigo eram um lembrete cruel de que aquele relacionamento não passava de uma farsa. Ele jamais saberia o quanto de fato ela se importava. Não apenas com filha ou com os comentários da mídia sobre os dois, mas com que ele pensava sobre ela.

Era ridículo, mas depois de magoá-la inúmeras vezes, no pouco tempo em que se conheciam, Rigo ainda exercia um estranho domínio sobre as suas emoções. No momento em que se conheceram, ela experimentou aquele sentimento perturbador, um desejo de que ele enxergasse o seu verdadeiro eu. E por poucas horas acreditou que isso de fato aconteceu. Mas, como sempre, a dura realidade se fez presente e ele a olhou com o mesmo menosprezo que todos sempre lhe dirigiram.

Precisava lhe revelar a tramoia de Goldie. Isso não mudaria a opinião de Rigo sobre ela, de qualquer maneira. Por mais que se esforçasse para se afastar do passado, jamais seria suficiente.

Nicole apoiou as mãos na fria balaustrada de pedra, de onde se tinha uma visão completa da cidade. Uma lágrima rolou pelo seu rosto e ela a enxugou depressa. Não permitiria que ele visse o quanto suas palavras a feriram.

RIGO VIU Nicole claramente se encolher com as suas palavras. Mesmo de costas para ele, era fácil perceber que estava magoada. Não teve a intenção de ofendê-la. Apenas não conseguia compreender como uma mulher que passou a maior parte da vida se expondo, para ficar no centro das atenções da mídia, de repente podia se sentir tão afetada com a intromissão dos repórteres.

Segurando-a pelo pulso, virou-a de frente para ele e notou a vermelhidão reveladora em seus olhos.

– Eu a magoei. – Ele franziu a testa. – Estou apenas tentando dizer que sempre existe uma escolha, Nicole. Você dá mais valor à opinião alheia do que à própria opinião que tem de si mesma. – Ele falou baixinho e ergueu-lhe o queixo, obrigando-a a encará-lo.

– A opinião dos outros sempre precisou ser mais importante. É difícil formar uma opinião elevada de si mesma, quando você mal sabe quem é. – Ela se afastou, tentando esconder os olhos marejados de lágrimas mais uma vez. – Desempenhei um papel por tanto tempo, que se tornou natural deixar que os outros ditassem quem eu deveria ser.

– Do que está falando?

– Estou falando de *mim*, Rigo. – Ela suspirou. – Como você pode querer se casar comigo quando não faz ideia de quem eu sou?

– Eu sei o suficiente – disse ele frio.

– É exatamente isso. Você *acha* que sabe o suficiente, mas na verdade não sabe nada. – Ela meneou a cabeça. – Rigo, fui uma farsa ambulante durante toda vida. Um personagem criado por minha mãe e seu empresário – continuou ela, recusando-se a encará-lo enquanto falava. – Nunca fui internada em clínicas de reabilitação, nem dormi com políticos casados ou fiz metade do que as colunas de fofocas dizem ao meu respeito. Bancava a sensual e provocante na frente das câmeras, mas por trás... nunca seria capaz. Jamais consegui confiar em ninguém o suficiente.

Ela o fitou, encontrando seus olhos pela primeira vez depois do beijo.

– Até aquela noite com você eu nunca... Nem sei por que estou lhe dizendo isto.

Rigo exalou o ar com força.

– Você nunca o *quê*? – Ele percebeu quando Nicole ficou tensa com as suas palavras. Não importava que estivesse sendo insensível. O que ela estava dizendo parecia tão absurdamente distante do que ele sabia sobre ela, que era impossível acreditar.

– Você foi o primeiro homem com quem eu dormi. – Ela deu de ombros. – Os outros não passaram de mentiras e escândalos forjados para gerar publicidade.

– Desculpe se eu acho difícil de acreditar. Você não parecia inocente naquela noite.

Ela mordeu o lábio.

– Eu quase lhe contei, pouco antes de chegarmos ao seu apartamento. Mas você começou a dizer coisas tão maravilhosas que perdi a coragem. Fui egoísta. Tive medo que isso fizesse você parar, e eu não queria que me visse de forma diferente, só por causa de um pequeno detalhe.

– Esse... detalhe... era a sua suposta virgindade – disse ele seco.

A lembrança da noite que passaram juntos veio à mente de Rigo. De fato, na ocasião ela *parecia* nervosa. A inesperada revelação o fez sentir um aperto no peito. A reação de Nicole às suas carícias naquela noite, o modo como se encantava com o próprio prazer, contribuíram para deixá-lo louco de desejo. A timidez em expor sua nudez e a aparente falta de experiência em tocar o corpo dele o pegou de surpresa. Mas assim que descobriu quem ela era, supôs que tudo não passasse de encenação.

– Você está dizendo que era *virgem*? – perguntou, incrédulo, a voz soando mais dura do que pretendia.

– Não fale desta maneira. – Nicole livrou o pulso do seu aperto e afastou-se, caminhando em direção à luz tênue da sala de jantar da suíte.

– *Dannazione!* – resmungou ele, entrando na sala e fechando a porta com força.

Ela se virou, espantada com aquela súbita demonstração de fúria.

– Não fuja de mim simplesmente depois de tudo isto.

– Tudo *isto* é a minha vida, Rigo. Minha verdade. Não estou tentando fazê-lo se sentir culpado ou querendo a sua compaixão. Eu só precisava falar sobre algo real pela primeira vez! – exclamou ela. – Quer saber? Vamos esquecer esta conversa e pode voltar a ficar com a opinião que sempre teve de mim. Com certeza, isso o faz se sentir melhor.

– Acha mesmo que eu poderia *esquecer*, sabendo que tirei sua virgindade e depois a joguei na rua? – Irritado, ele passou a mão pelo cabelo. – Você fugiu naquela manhã, quando praticamente a chamei de prostituta. Depois, mesmo sabendo que a criança que carregava no ventre era minha, foi embora de novo.

– Ah, não. Não deturpe os fatos, jogando a culpa em cima de mim, apenas porque descobriu o quanto foi insensível. Eu fui ao seu encontro no meio de uma boate lotada, porque você se recusou a atender todos os meus telefonemas. Fui sincera sobre a minha gravidez. A única razão que me impediu de insistir um pouco mais foi porque deixou brutalmente claro o que pensava de mim e da criança que eu estava esperando.

Suas palavras surtiram o efeito de um balde de água fria sobre o temperamento de Rigo. Ele havia passado a tratá-la com hostilidade, recusando-se a recebê-la, desde o momento em que ela apareceu, sem avisar, em sua boate favorita. O pensamento encheu-o de vergonha.

– Você *riu* de mim, Rigo. Humilhou-me na frente de todos os seus amigos ricos e sofisticados. Talvez seja melhor que esta farsa não vá adiante, porque não tenho certeza se seria capaz de sobreviver a um casamento com um homem que sei que não me respeita.

– Nicole... – Ele meneou a cabeça. Queria que ela parasse de falar, de modo que ele pudesse processar e reorganizar os fatos em sua mente.

– Eu preciso ir. Por favor, não me siga.

Rigo teve um vislumbre das lágrimas que umedeciam os olhos de Nicole, antes de ela se virar e ir embora, desaparecendo através da suíte em um borrão de pernas esguias e seda azul.

Com o passar dos segundos, sentiu a raiva diminuir, cedendo lugar à fria constatação dos próprios atos. Era obrigado a admitir que fez presunções sobre o caráter de Nicole, desde o momento em que se conheceram, conforme ela o acusou. Mas a culpa não era toda dela, uma vez que sempre trabalhou, incansavelmente, para fazer a mídia acreditar que ela era outra pessoa?

Pensou na mulher com quem fez amor naquela noite, seus gemidos abafados e o grito momentâneo de dor, que ele imaginou se tratar de algum tipo de movimento teatral. Fora tão cego, ignorando friamente os sentimentos intensos que viveram, tão logo descobriu seu nome na manhã seguinte.

Tinha sido precipitado. Não a conhecia dos tabloides ingleses e seguiu em frente, entregando-se por completo ao calor absurdo que ardia entre eles. Sabia que sua reação ao descobrir quem ela era foi exagerada. Mas após ser enganado de forma tão sórdida por uma mulher uma vez, seu orgulho era algo que considerava com bastante cuidado. Depois de chamá-la de meretriz e caçadora de fortunas, ele a havia humilhado.

A lembrança recaiu pesadamente sobre seus ombros.

Aquele arranjo estava se provando mais complicado do que ele imaginou. A situação ficava cada vez mais delicada, o que não o agradava nem um pouco. Teria que encontrar uma maneira de fazer as pazes com a futura esposa ou aquele casamento jamais daria certo.

NICOLE SENTOU-SE de pernas cruzadas no luxuoso quarto da filha. Anna chutava as perninhas rechonchudas no ar, tentando rolar no carpete. Já estavam no meio da manhã e nem sinal de Rigo voltar para casa, desde a noite anterior. Ela tentou se concentrar em dobrar os pertences de Anna na pequena mala, esperando que isso pudesse acalmar a tempestade de emoções que lhe afligia a mente. Não planejou deixar as coisas chegarem àquele nível de intimidade na noite anterior. E nem pretendia beijá-lo.

Não sabia que diabos lhe deu na cabeça para deixar Rigo saber que ela era virgem quando o conheceu. Esse detalhe não faria diferença alguma naquela situação. Era um segredo que ela guardara para si, juntamente com as lembranças de uma noite, quando havia confiado em um homem, o suficiente para se entregar a ele por inteiro. E agora a expressão de horror que viu no rosto dele estragaria aquela lembrança para sempre.

Anna deu um gritinho, olhando para um ponto diretamente atrás dela. Nicole soube que encontraria Rigo de pé na porta, antes mesmo de sentir o cheiro do seu perfume no ar. Ele tinha o cabelo molhado, como se tivesse acabado de sair do chuveiro. Os olhos azuis pareciam mais escuros do que o habitual. Ou seriam os círculos escuros sob seus olhos que os faziam parecer assim? De qualquer maneira, parecia terrível e devastadoramente belo ao mesmo tempo.

Rigo ficou em silêncio por um momento, olhando para Anna enquanto ela continuava a tentar rolar sobre o estômago, rindo toda vez que caía para trás.

– A governanta me disse que você estava arrumando as malas – disse ele, por fim.

– Pedi para que me ajudasse, mas ela disse que precisava falar com você primeiro. – Nicole suspirou. – Felizmente, não sou obrigada a fazer o mesmo.

– Podemos pelo menos conversar antes de você partir? – perguntou ele sombrio. – Já sabe para onde vai?

Nicole endureceu sua resolução. Rigo sabia que ela possuía poucas opções. Mas seu orgulho não lhe permitia ficar ali nem mais um minuto.

Erguendo-se da cadeira, ela o encarou com o queixo erguido.

– Não vou falar com a imprensa. Você pode fingir que o compromisso ainda está de pé, se quiser. Podemos manter isso em segredo pelo tempo que for necessário para fechar seu negócio. Finja que o casamento foi adiado ou algo assim.

– O que posso fazer para convencê-la a ficar? – Ele ficou absolutamente imóvel, com as mãos nos bolsos, fitando-a nos olhos.

Nicole fez um gesto negativo com a cabeça, desviando o olhar e tentando encontrar a combinação certa de palavras para fazê-lo entender que ela não podia mais continuar com aquela farsa.

Naquele instante o telefone dele tocou, assustando Anna. O bebê começou a chorar. Nicole abaixou-se para pegá-la nos braços, abraçando-a, enquanto ele começava uma conversa em italiano, que parecia ser urgente.

Ao terminar a ligação, Rigo olhou para ela com uma expressão que beirava o pânico.

– Alberto ligou apenas para dizer que o pessoal da revista está a caminho, no elevador.

– A entrevista... é hoje? – Ela sentiu o coração acelerar dentro do peito.

Nicole havia se preparado para aquele momento durante toda a semana. Deviam apresentar ao mundo um retrato íntimo dos dois em casa para juntar às fotografias da festa de noivado. Os arranjos foram todos feitos pelos assessores de imprensa de Rigo, e seu vestido de noiva se encontrava pendurado no closet. Era uma peça vital daquela farsa para pôr fim ao escândalo e trazer a mídia para o lado deles.

– Deixei meu telefone desligado desde a noite passada. – Rigo apertou a ponta do nariz com força. – Sei que não tenho o direito de lhe pedir ajuda, mas... preciso de você ao meu lado.

Nicole mordeu o lábio. *Preciso de você.* Devia estar louca, mas não queria prejudicá-lo. Ela assentiu com a cabeça, observando-o relaxar os ombros aliviado.

A REVISTA que cobriria a sensacional história de amor dos dois disputou com inúmeras outras para vencer e ganhar o contrato. No fim, tudo era uma questão de privacidade para Rigo. Ele se decidiu por uma conceituada revista inglesa para assumir o comando da cobertura e o dinheiro arrecadado com as vendas seria revertido para os trabalhos de caridade dos pais.

A equipe estava ocupada, instalando equipamentos de iluminação ao redor da sala de estar. Nicole sentou-se ao lado de Rigo, usando um jeans e uma camiseta rosa. Parecia enganosamente descontraída sob a luz suave da manhã.

Enquanto esperavam, Nicole pegou Anna no colo. A menina usava um pijama cor-de-rosa e estava pronta para seu cochilo da tarde.

A maquiadora aproximou-se, com o cinto cheio de pincéis.

– Preciso apenas fazer alguns retoques, srta. Duvalle, se não se importa. – Ela apontou para um banco do outro lado da sala.

Nicole olhou para Rigo por um momento, sua expressão estranha.

– Você pode... segurá-la? – perguntou em voz baixa, olhando brevemente para onde a jornalista se sentou, perto deles, fazendo anotações e se preparando para a entrevista. Anna não poderia sair na sessão de fotos, ambos haviam sido bem claros quanto àquela restrição.

Rigo pigarreou, assentindo com a cabeça com a maior naturalidade possível, antes de aceitar o pacote cor-de-rosa em seus braços. Por certo, não estava segurando a menina direito, pensou de repente. Ele olhou para Nicole, mas ela já estava sentada no banco com os olhos fechados, enquanto a maquiadora lhe passava um pincel sobre as bochechas.

Fitou a filha outra vez, que estava sentada de costas para ele, olhando para a janela. Não tinha muita experiência com crianças. Anna se remexeu, quase pulando do colo dele ao ver um pássaro voar e pousar na varanda. Sua emoção foi instantânea. As feições se iluminaram alegres, enquanto ela apontava um dedo gordinho para a criatura alada.

Rigo não pôde conter o riso. A risada da menina era contagiante, como a da mãe.

Erguendo-se, ele se aproximou da janela, segurando-a com força contra o peito. Anna sentou-se relaxada em seus braços, sua atenção totalmente focada no pássaro que bicava o musgo na beirada da varanda.

Nesse instante, um flash luminoso os envolveu com uma luz ofuscante. As minúsculas feições de Anna se contraíram assustadas, antes de a criança deixar escapar um berro estridente. O cinegrafista encontrava-se a alguns centímetros de distância com uma expressão de pesar no rosto. Rigo sentiu uma súbita vontade de lhe dar um soco na cara. Mas procurou se controlar, para não assustar o bebê ainda mais.

Rigo olhou através da sala, para Nicole, em silêncio, pedindo-lhe ajuda. Anna parecia inconsolável agora.

Nicole ergueu-se e cruzou a sala depressa para pegar a menina no colo. A criança acalmou-se de imediato, fitando-o, por um momento, com um misto de medo e recriminação. Rigo aproveitou a oportunidade para se afastar, falando firme com o fotógrafo para não repetir o incidente e se certificar de eliminar a foto de sua câmera.

Quando o diretor anunciou que estavam prontos, Nicole entregou a criança à babá, que levou Anna para dormir.

A sessão de fotos, que durou vinte minutos, os deixou exaustos. Foram tirados alguns instantâneos do casal, em poses românticas, antes de a entrevista começar.

Rigo manteve o braço em torno dos ombros de Nicole. Precisavam parecer à vontade um com o outro, mas ela parecia tão tensa quanto uma tábua de engomar. Quando ele se inclinou para lhe dar um beijo nos lábios, por sugestão do fotógrafo, teve a impressão de estar beijando um bloco de gelo.

– Então, vamos começar falando sobre quais são exatamente as restrições para o grande dia?

O sotaque escocês rouco da repórter interrompeu o silêncio tenso, consequência da desastrosa sessão de fotos. Ela colocou um gravador digital no *futon* entre os dois, e a luz vermelha começou a piscar.

Rigo recitou suas respostas todas ensaiadas.

– Esperamos discrição durante a cerimônia, com apenas um intervalo de tempo predeterminado para fotografias.

A mulher assentiu, ticando uma lacuna em sua lista.

– Será permitido acesso à noiva enquanto ela se prepara? Gostaríamos de tirar fotos de todos os aspectos do dia.

– Não! – disse Nicole depressa. – Quero dizer... Acho que não me sentiria confortável com isso.

Rigo lançou-lhe um olhar incisivo, pousando a mão suavemente sobre sua coxa.

– O que a minha linda noiva quer dizer é que ela provavelmente estará muito nervosa nesse dia.

A repórter estreitou os olhos, claramente pouco impressionada com a resposta. Em seguida, folheou algumas fotografias da festa de noivado na noite anterior, se atendo a uma.

Ela olhou para cima, com um brilho no olhar.

– Sua mãe não foi convidada para a festa da noite passada, Nicole? Por quê?

– Ela foi convidada. Apenas houve uma confusão na lista de convidados – Rigo apressou-se em responder.

– Mas estas fotos mostram Nicole e Goldie, ao que parece, tendo uma acalorada discussão. – A mulher ergueu a sobrancelha.

Rigo olhou para Nicole, notando a súbita expressão de horror em seu rosto. Ela rapidamente disfarçou, tomando um gole de limonada.

– Não houve nenhuma discussão, Diane. Siga em frente, por favor. – A voz soou áspera.

Rigo franziu a testa ao ouvi-la se referir à repórter pelo primeiro nome. Havia reparado a súbita tensão de Nicole quando ela foi apresentada à mulher que iria escrever a matéria, mas atribuiu o fato ao nervosismo. Agora, olhando para as duas encarando uma a outra, não tinha mais tanta certeza.

– Pelo que sei, você deve ser grata à sua mãe. E não discutir com ela. – A mulher continuou olhando para Nicole como uma águia observando sua presa.

– Você está aqui para fazer perguntas sobre o casamento. Faça o seu maldito trabalho – retrucou Nicole, antes de levar a mão à boca com um repentino arrependimento.

Rigo inclinou-se para a frente e pressionou um botão no gravador digital. Em seguida, fez sinal para que Nicole o acompanhasse.

– Ah, não, *estou* aqui para fazer o meu trabalho – disse Diane depressa. – Então, como matéria de interesse para o artigo, seu noivo sabe a que tipo de família está se unindo?

– Diane... – Nicole negou com a cabeça, com uma expressão sombria no olhar.

– Isto não é uma conduta adequada na casa de seus entrevistados. – Rigo caminhou até Diane, usando sua altura para intimidá-la.

– Apenas pensei que você talvez quisesse saber algumas coisas sobre sua maravilhosa futura noiva. Como o fato de que ela e a mãe são as criaturas mais falsas deste planeta.

– Conhece a minha noiva para ter esta opinião sobre ela? – perguntou Rigo.

– A mãe dela é uma bruxa, uma horrível...

– Goldie Duvalle não se encontra nesta sala, e eu gostaria de saber por que você está atacando a filha dela, a menos que tenha alguma razão pessoal.

A mulher paralisou, abrindo e fechando a boca duas vezes seguidas.

– É o que eu pensava. – Rigo sacudiu a cabeça, olhando para o relógio. – Não tenho mais tempo para entrevistas. Saiam agora. Todos vocês. Já conseguiram o que queriam.

Nicole sentou-se completamente imóvel, com os ombros tão arriados que Rigo pensou que ela estivesse tentando desaparecer no sofá. Enquanto a equipe da revista embalava os equipamentos e saía para o corredor, a repórter olhou para Nicole uma última vez.

– Ah, Diane? – disse ele. – Se eu fosse você esperaria um telefonema de seus superiores, ainda esta tarde. Prepare-se para começar a procurar emprego.

– Vocês se acham donos do mundo! – respondeu a mulher irritada, enquanto ele a conduzia para fora do apartamento e fechava a porta com um ruído retumbante.

Rigo olhou para a noiva, sentindo um aperto no peito ao notar seu rosto pálido. Voltou a encher o copo dela com limonada e lhe ofereceu.

Nicole tomou um gole, desviando o olhar em direção às janelas.

– Eu não sabia que seria ela quem faria a entrevista.

– Devo supor, pela hostilidade entre as duas, que já se conheciam?

– Sim. – Nicole sacudiu a cabeça pesarosa. – O septuagenário de quem minha mãe está se divorciando é o pai de Diane.

CAPÍTULO 6

NICOLE TEVE a impressão de que suas têmporas iam estourar de tanta pressão.

– Essa é a terceira vez que ela me confronta dessa maneira e ainda não sei o que lhe dizer.

– Por que deveria lhe dizer alguma coisa? – Rigo deu de ombros. – Ela está obviamente com raiva de sua mãe e usando você como bode expiatório.

– Tenho pena de Diane. Sinto-me culpada pelo que minha mãe causou à sua família. Os pais dela tinham um casamento feliz há décadas antes de... – Ela sentiu uma onda de tristeza, sabendo exatamente qual era a sensação de ser decepcionada pelos pais daquela forma. – Minha mãe tem esse estranho dom de entrar na vida das pessoas e virá-las de cabeça para baixo.

Nicole decidiu que estava na hora de contar a Rigo que foi a mãe quem contou a história dos dois à imprensa.

– Você não é responsável pela sua mãe – disse ele em tom suave. – Ela é uma mulher adulta. Responde pelos próprios atos.

– Na maioria das vezes seus atos me afetam de uma forma ou de outra. – Nicole clareou a garganta, olhando para ele. – Diane tinha razão. Eu estava discutindo com minha mãe ontem à noite.

– Foi por isso que fugiu do salão?

Ela assentiu, engolindo o nó na garganta.

– Ela me disse algo tão terrível que simplesmente não suportei ficar lá nem mais um minuto. – Respirando fundo, ela se afastou, enquanto tentava encontrar as palavras certas. Torcendo as mãos, virou-se para encará-lo. – Goldie foi a fonte anônima. Foi ela quem revelou a história à imprensa.

Rigo ficou em silêncio por um momento, olhando para ela com algo semelhante à curiosidade.

– Por que não me contou ontem à noite, quando estava confessando todos os seus pecados?

– Tive medo da sua reação.

– Em outras palavras, pensou que eu acreditaria que você teve parte nisso?

Nicole fez uma pausa, suas pálpebras tremulando até encontrar o olhar dele.

– Bem, você não acredita?

Rigo meneou a cabeça, enfiando as mãos nos bolsos.

– Antes de ontem à noite, talvez. Mas descobri que fiz um julgamento muito apressado ao seu respeito.

– Bem, acho que eu deveria me sentir grata por isto.

– Nicole, agora entendo por que você quer desistir do casamento. Mas estou lhe pedindo para reconsiderar. Por Anna, pelo menos.

– Constatamos ontem à noite que não servimos um para o outro.

Rigo ficou calado por um momento, olhando para fora da janela.

– Nicole, quero que este casamento dê certo – disse por fim. – Se isso significa ter que me manter o mais afastado possível, eu o farei para que você e Anna fiquem em segurança.

Nicole fitou-o nos olhos. Rigo estava sendo sincero. Mas não queria que ele se afastasse, esse era o problema. Caminhou alguns passos, cruzou os braços sobre o peito e contemplou o progresso de um pingo de chuva errante que deslizava pela vidraça. Em questão de segundos começou a chover e a paisagem lá fora ficou cinza.

Desistir do casamento foi uma decisão tomada no calor do momento, pensou. Casar-se com ele era o melhor para Anna e sempre seria. Olhando-o nos olhos, podia sentir a mudança que havia ocorrido entre eles. Não eram mais inimigos. Isso, porém, os colocava em uma espécie de limbo. Rigo tinha o poder de desestabilizá-la, como se ela simplesmente não pudesse ficar perto dele por muito tempo sem correr o risco de fazer papel de boba mais uma vez.

– Dispense os empregados – disse ela de repente. – Dê férias prolongadas a todos eles. Então não haverá necessidade de compartilharmos a mesma cama. Cada um pode ter o seu espaço, até o casamento acabar.

– Concordo. – Rigo assentiu com a cabeça, a expressão totalmente ilegível.

– Obrigada. – Nicole respirou fundo, sentindo-se mais aliviada. Embora não conseguisse se livrar da sensação de desconforto no fundo da mente. Como se de alguma forma, estivesse negando algo vital a si mesma, ao colocar mais distância entre eles. Mas não precisava dos beijos de Rigo em sua vida, e com certeza não precisa dele em sua cama. Dormindo ou de outro modo. Impor limites era a única maneira de se proteger dos danos que aquele homem poderia lhe causar, se permitisse que ele se aproximasse outra vez. Assim seria mais seguro.

Ao olhar para o sofisticado relógio com diamantes no pulso, Nicole sentiu a ansiedade aumentar. O jantar de ensaio estava previsto para começar dentro de vinte minutos e Rigo ainda não havia chegado. A família dele inteira se encontrava no andar inferior, esperando para conhecer sua futura esposa, e ela não podia ficar escondida ali por mais tempo.

Não haviam trocado mais do que algumas saudações nas últimas semanas, desde o fiasco com a equipe de reportagem da revista. Fiel à sua palavra, Rigo usou sua influência para demitir Diane e um novo jornalista assumiu o posto dela. A nova entrevista transcorreu sem problemas e agora o mundo inteiro estava preparado e aguardava ansiosamente para testemunhar o casamento da década.

Nicole deu uma última olhada no espelho, franzindo a testa para as linhas que lhe vincavam a testa. Sua mãe sempre lhe disse que franzir a testa e rir muito era uma receita para formar os famosos pés de galinha. Ela afastou o pensamento. Sua mãe era a última pessoa em quem deveria pensar naquele momento. Por certo, ela já devia estar lá embaixo, bebendo champanhe e à procura do oitavo marido.

Como previsto, os assessores de imprensa de Rigo aconselharam a não manter Goldie fora das celebrações, a fim de evitar qualquer especulação negativa. Bem, era o que eles haviam alegado, mas Nicole tinha a sensação de que Rigo não queria que a mãe dela tentasse dar outras entrevistas anônimas, antes de seu negócio com a Fournier estar completamente selado. A última coisa que precisava era de mais escândalos.

O local secreto em que o casamento seria realizado foi divulgado na semana anterior, mas Rigo lhe assegurou que o contingente de seguranças contratados inibiria a presença dos *paparazzi*. Verdade fosse dita, isso não a preocupava muito. Anna ficaria em Paris até eles voltarem da lua de mel.

Quarenta e oito horas separada da filha pareciam uma eternidade agora, mas sabia que estava fazendo a coisa certa. Rigo lhe disse naquela manhã que os pais haviam chegado do cruzeiro no oceano Índico e aguardavam ansiosos para conhecer a primeira neta. Ele não falava muito sobre o pai, mas dava para perceber que a sua dinâmica familiar era tranquila. Esperava causar uma boa impressão aos futuros sogros, uma vez que não ocorrera o mesmo com o irmão dele.

Nicole desceu a escadaria para receber a multidão de convidados na ampla área de recepção do castelo. Ao chegar ao fundo da escada, olhou em volta, à procura de um rosto familiar, e amaldiçoou o noivo, em silêncio. Reconhecia alguns dos rostos presentes em sua festa de noivado, mas nem sinal de Rigo para suavizar a forma como se sentia pequena e insignificante. Tecnicamente era a anfitriã e devia assumir o seu papel naquele evento. Mas ainda assim, tudo o que desejava era subir correndo e se esconder.

Em meio à multidão, havia um homem, cuja presença parecia atrair um bom número de convidados. Sua semelhança com Rigo era impressionante, as únicas diferenças eram os fios de cabelo grisalhos que lhe coroavam a cabeça e as feições ligeiramente envelhecidas. Ao seu lado se encontrava uma mulher baixa, vestida com trajes elegantes. Valerio Marchesi aproximou-se da mulher, sorriu e lhe deu um beijo na bochecha, antes de ela o envolver em um abraço caloroso.

Nicole forçou-se a caminhar os poucos passos até o outro lado do salão, notando que o irmão de Rigo ficou tenso ao vê-la.

– Estou imaginando se meu irmão decidiu dar no pé – disse ele em tom irônico, fitando-a com um olhar de desaprovação. – Seria uma pena se ele rompesse o compromisso e a abandonasse, Nicole.

A morena mais velha deu um passo à frente, olhando-a da cabeça aos pés.

– Imagino que você seja a minha futura nora. Sinto muito por ter sido deixada sozinha para se apresentar. Posso imaginar o quanto isto deve ser intimidante.

– Rigo com certeza se atrasou no escritório – disse Nicole, o nervosismo fazendo sua voz soar um pouco trêmula. – Mas tenho certeza de que não tardará a chegar.

A mãe de Rigo não fez nenhum movimento para abraçá-la e tampouco se apresentou de modo formal. O pai dele estava conversando e também não fez nenhuma menção de vir cumprimentá-la. Nicole permaneceu calada, sem saber o que fazer em seguida.

Seu alívio parecia quase palpável quando a porta principal se abriu e todos se viraram para ver Rigo entrar. Ele foi instantaneamente saudado por um grupo de amigos junto à porta.

– Meu filho tem predileção por entradas triunfais. – Uma voz masculina grave soou ao seu lado. – Peço desculpas por não a ter cumprimentando antes. Esses tolos ainda pensam que tenho algum poder na indústria da moda. – O homem riu, e seu hálito cheirava a vinho tinto quando se inclinou para a frente. – Sou Amerigo Marchesi pai. Você já conhece minha esposa, Renata?

O homem deu-lhe um abraço de urso e um beijo quente em cada bochecha, antes de gesticular para a esposa fazer o mesmo.

Nicole notou as linhas de tensão em torno da boca da mãe de Rigo, quando Renata aproximou-se para abraçá-la. Teve a nítida impressão de que a mulher já havia antipatizado com ela. Ótimo.

– Estamos muito ansiosos para conhecer a pequena Anna, não estamos, *tesoro*? – Amerigo sorriu.

Renata arqueou uma sobrancelha com indiferença.

– Rigo não nos falou nada. Na realidade, só ficamos sabendo sobre tudo isto esta semana. Nossa única neta e sequer vimos uma fotografia da menina. – Ela franziu os lábios e olhou para a frente, para onde o filho estava.

Por um breve momento, Nicole viu um tremor revelador no lábio inferior da mulher, que logo tratou de disfarçar, tomando um gole de vinho. Parecia magoada por não ter sido colocada a par dos acontecimentos.

Sentindo uma pontada de pena, Nicole abriu a bolsa, pegou uma fotografia de Anna que carregava com ela para dar sorte. Em seguida, entregou o retrato brilhante à mãe de Rigo, reparando como seus olhos se suavizaram quando pegou a foto nas mãos.

– Ela tem os olhos dos Marchesi – sussurrou Renata admirada. – Mal posso acreditar que ela é real, parece uma pequena boneca.

– É muito parecida com Rigo – concordou Nicole, sentindo uma imensa falta da filha.

– Ah, mas tem o cabelo da mãe. – Amerigo sorriu, segurando a mão de Nicole. – Você será uma bela noiva. E eu desejo que sejam muito felizes.

Nicole sentiu a garganta apertar de emoção com as palavras do homem. Os pais de Rigo não eram como havia imaginado. Quando Renata fez menção de lhe devolver a fotografia, ela fez que não com a cabeça.

– Não, por favor, é sua. Tenho muitas outras.

Quando Amerigo afastou-se para ir cumprimentar o filho, Renata segurou-a pela mão e gesticulou para as duas seguirem até a lateral do salão. Nicole esperava desaprovação e desprezo que presumia merecer, como a mulher que envolveu o bom nome daquela família tradicional em um escândalo. Mas foi tomada completamente de surpresa quando a mãe de Rigo se inclinou para a frente e lhe deu um verdadeiro abraço, diferente do cumprimento formal anterior. Ela relaxou os ombros, sentindo o calor se infiltrar em seus ossos.

A mulher mais velha recuou.

– Desculpe se a estou deixando confusa, minha querida. Mas eu não tinha certeza...

O que ela estava prestes a dizer foi abafado por uma familiar voz escandalosa. A mãe de Nicole caminhava na direção das duas.

– Na qualidade de mãe da noiva, devo me apresentar. – Goldie cumprimentou Renata com efusão, dando-lhe um exagerado beijo em cada uma das bochechas.

– Não é tudo tão romântico?

– Sim, acho que sim – concordou Renata, dando uma olhada discreta na fotografia em sua mão e sorrindo. – Estou ansiosa para recebê-los na Toscana quando tudo isto terminar. Mal posso esperar para pegar esta *piccolina* no colo.

Nicole viu o brilho desaparecer nos olhos de Goldie quando ela olhou para a fotografia.

– Ah, que *encanto*! Posso ver?

Antes que Nicole pudesse intervir, Goldie adiantou-se e retirou a foto da mão de Renata.

– Que atitude bonita da sua parte fazer planos com os avós, Nicole. – Os lábios de Goldie se contraíram quando ela olhou para a foto de Anna. – Não sou privilegiada o suficiente para ver a pequena princesa – murmurou sombria.

– Mãe, por que não vamos lá fora? – Nicole deu um passo à frente, segurando-a gentilmente pelo cotovelo.

Goldie livrou-se da mão da filha.

– Pensei que ela fosse morena como o pai – meditou, com os olhos fixos na foto. – Graças a Deus, ela não saiu com o nariz dele.

– Dê a foto de volta, obrigada. – Renata estendeu a mão e arrancou a fotografia das mãos de Goldie no momento em que Rigo apareceu ao lado delas.

– Está tudo bem, senhoras?

– Ah, ei-lo aqui, o cavaleiro da armadura reluzente – proferiu Goldie. – Acabo de ter o privilégio de conhecer sua mãe, *signor* Marchesi.

O som do "r" soou enrolado e Nicole de repente percebeu que ela estava bêbada.

– Talvez você devesse beber um pouco de água – sugeriu, notando que o humor da mãe piorava.

– Ah, cale a boca, Nicole – retrucou Goldie, afastando a mão da filha com veemência. – Olhe para você, fingindo ser toda doçura e sofisticação. – A mulher continuou erguendo a voz e olhou para Renata, que parecia chocada. – Fui *eu* que fiz tudo isso por ela. *Eu!* Você ainda estaria se escondendo, se eu não tivesse dado com a língua nos dentes. – Ela se aproximou perigosamente de Nicole, o hálito exalava um cheiro azedo de champanhe. – E de repente você se acha boa demais para mim? Não passa de uma ingrata.

Rigo segurou a mão de Goldie no momento em que ela a ergueu.

– Basta! – gritou ele, fulminando-a com o olhar.

Todos no salão se viraram para assistir a briga. Nicole sentiu uma onda quente de constrangimento subir por seu pescoço até as bochechas.

– Eu a aconselharia a ir embora agora, se pretende um dia conhecer sua neta – disse Nicole em voz baixa, sabendo que Renata ainda estava ao alcance de sua voz.

– Você me deve... – vociferou Goldie com voz arrastada. – Sabe o que eu fiz...

– Eu não lhe devo *nada* – retrucou Nicole com frieza. – Tem sorte de eu continuar falando com você, depois do modo como me tratou. Agora, por favor, vá embora, antes que tenhamos que botá-la para fora de uma forma mais drástica.

Goldie parecia querer argumentar, e seus olhos se estreitaram terrivelmente sobre a mãe de Rigo. Mas, por fim, com um suspiro ofegante, meneou a cabeça e permitiu que Rigo a conduzisse para fora do salão.

Nicole virou-se para Renata.

– Sinto muito que tenha sido obrigada a assistir esta cena.

– Ela é quem deve se desculpar, minha menina. – A mãe de Rigo sacudiu a cabeça. – Você não deveria tolerar este tipo de intimidação, muito menos por parte dela.

– Acho que... ela não tinha intenção – respondeu Nicole.

Renata suspirou.

– Você tem um bom coração. Siga o meu conselho e o proteja de pessoas que não se importam com ele.

Nicole sorriu, ainda observando, apreensiva, o progresso de Rigo, que atravessava o salão ao lado de Goldie. Era uma sensação estranha saber que alguém se preocupava com ela. Que ele estava preparado para ficar ao seu lado e defendê-la. Cresceu acostumada a sofrer uma derrota atrás da outra. O conforto de dizer a si mesma que não se importava com isso sempre foi como um escudo, impedindo-a de mudar. De alguma forma, saber que Rigo achava que valia a pena defendê-la, conferia-lhe a segurança necessária para querer se defender também. Não queria ser mais uma pessoa fraca. Queria se importar o suficiente para não permitir que a tratassem mal, rebelando-se e lutando pelos próprios interesses.

– QUERO DESEJAR um casamento longo e feliz ao meu irmão e sua bela futura esposa. – Valerio Marchesi deu umas palmadinhas nas costas do irmão mais velho. – *Cent'anni*, cem anos! – gritou ele o brinde tradicional em italiano, que foi rapidamente repetido pelos convidados no jantar de ensaio.

– *Grazie*, irmãozinho. – Rigo ergueu a taça, antes de tomar o champanhe de um só gole.

Todos os seus sentidos estavam intensificados pela presença da mulher ao seu lado. Nicole parecia tão radiante em seu vestido preto sem alças, que qualquer um pensaria que seu silêncio durante toda a noite era simplesmente resultado de nervosismo pré-nupcial. Mas ele sabia que não.

Amaldiçoou Goldie Duvalle, em silêncio, por ser uma pessoa tão egoísta e insensível. Foi preciso recorrer a toda sua força de vontade para se controlar. Nicole havia lidado com a situação infinitamente melhor do que ele. Naquele momento, ele não pensou no jantar de ensaio, pois tudo o que queria era tirar aquela mulher do salão e colocá-la no primeiro voo de volta ao lugar de onde viera.

Ao fundo, Rigo podia ouvir a conversa do pai e do irmão, falando sobre suas últimas viagens. Valerio Marchesi era um empreendedor rebelde. Dez anos antes recusou o convite do pai para assumir os negócios da família, a fim de seguir a própria carreira, fretando iates e veleiros de luxo em todo o Caribe. Agora era o bem-sucedido coproprietário de uma das maiores empresas de fretamento de embarcações marítimas de luxo do mundo.

Rigo invejava a liberdade do irmão mais novo. A sua falta de responsabilidade. Normalmente, se sentiria ansioso para ouvir sobre as façanhas de Valerio em alto-mar, mas naquela noite sua mente não estava focada. Por mais que tentasse impedi-los, seus olhos continuavam se desviando para Nicole.

Assim que o jantar terminou e todo o vinho foi consumido, os convidados começaram a subir para os seus aposentos. Ele ficou no corredor com os pais para desejar boa-noite a todos. Nicole encontrava-se em uma conversa animada com as tias dele. Valerio postou-se ao seu lado, com os braços cruzados e a mesma expressão tensa no rosto que exibiu durante toda a noite.

– Você está com cara de quem chupou um limão – comentou Rigo, arqueando uma sobrancelha e olhando para o irmão mais novo. – Cuidado, ou posso pensar que seu discurso foi falso.

– Simplesmente não consigo entender a sua lógica, é isso. – Valerio deu de ombros. – Mas só porque não estou de acordo com ela, não significa que não lhe deseje felicidade.

– Se está preocupado que eu não tenha aprendido algo nos últimos dez anos, então pode relaxar. Esta não é nem de longe a mesma situação – disse Rigo, não querendo começar uma conversa sobre seu desastroso histórico de relacionamentos. Sabia que toda a sua família fora afetada por seu envolvimento com Lydia, mas vendo a tensão no rosto do irmão, ficou claro que deveria ter sido mais cuidadoso ao dar a notícia desta vez.

– Não, não é. Pelo menos desta vez você sabia que a mulher era uma caçadora de fortunas, *antes* de marcar o casamento. – Valerio olhou para ele. – Só não quero que passe pelo mesmo inferno que passou com a Lydia. Aquela vampira o mudou.

– Aprendi uma valiosa lição com aquela vampira. – Rigo sorriu sombrio. – Jamais confie em uma mulher com seu cartão de crédito. E mesmo assim, verifique as contas.

O sorriso desapareceu em seus lábios quando ele se virou e se deparou com Nicole, de pé ao seu lado, com uma expressão magoada no olhar.

Valerio pigarreou, segurou a mãe pelo braço e a conduziu à escada.

Nicole estreitou os olhos, endireitou os ombros e o encarou.

– Vampira? – perguntou em um tom calmo.

– Esta conversa não era sobre você. – Ele forçou um sorriso e segurou-lhe a mão. Ela o afastou. – Estávamos falando de outra pessoa.

Nicole assentiu com a cabeça uma vez, mas não pareceu relaxar.

– Que bom. Seu irmão não gosta de mim.

– Meu irmãozinho, nem tão pequenino, é superprotetor em relação a mim. – Rigo suspirou, olhando para Valerio e a mãe que desapareceram ao virar uma esquina no topo da escada. – Você não é a única pessoa que eu feri no passado graças à minha própria teimosia.

Ela o encarou.

– Isso não justifica a animosidade dele comigo.

– Na verdade, é esta situação. Este casamento repentino. Tudo é um desagradável lembrete para eles da última vez que eu disse que ia me casar.

RIGO CONTINUOU a falar, ignorando a expressão de aborrecimento que Nicole sabia que se estampava em seu rosto.

– Eu estava prestes a me casar, há dez anos, e terminou... mal.

– O que aconteceu? – perguntou ela, mesmo que uma parte de si não quisesse acreditar que ele tivesse sido noivo de outra.

– O de sempre. – Ele deu de ombros, olhando para o chão por alguns instantes. – O término foi complicado e minha mãe não reagiu muito bem. O casamento havia sido planejado, convites enviados...

– Isso soa como um pesadelo.

O rosto de Rigo adquiriu uma expressão estranha, tão intensa que a deixou sem fôlego. De repente desapareceu, sendo substituída por um olhar distante.

– Foi há muitos anos, Nicole.

Estendendo a mão, ele segurou a dela mais uma vez e dessa vez ela não a afastou. Saber que ele possuía um coração, que fora ferido de alguma maneira, a fez desejar ser a pessoa que iria curá-lo.

Nicole sentiu aquela sensação de formigamento no peito durante toda a noite, que parecia aumentar à medida que o dia do casamento se aproximava. Continuou dizendo a si mesma que se tratava apenas de mais um aspecto promocional, que não significava nada. Mas conhecer a família de Rigo e presenteá-los com aquela demonstração de amor e devoção a fez começar a desejar que aquilo não fosse apenas uma farsa.

Mas sabia, por experiência própria, que a esperança era uma emoção perigosa.

Na manhã seguinte, Nicole ficou na frente do espelho com uma opressiva sensação de medo. Seu vestido de casamento era realmente uma obra de arte. O corpete justo delineava suas curvas como uma segunda pele, contrapondo-se com uma elaborada saia rodada que terminava um pouco acima do joelho.

Era tudo o que ela jamais ousou imaginar para si mesma. Virou-se de lado, admirando o laço nas costas e o longo véu de tule de seda. As mulheres deviam poder usar vestidos como aquele todos os dias do ano, pensou, sorrindo. Sentia-se uma rainha.

A mãe de Rigo aproximou-se.

– Minha mãe ficou comigo na manhã do meu casamento. – Seus profundos olhos azuis estavam repletos de calor. – Ela e as irmãs haviam passado semanas confeccionando o meu vestido, mas este véu foi um trabalho só dela. – Estendendo a mão, Renata tocou o tule delicadamente bordado. – Ela colocou o coração e alma nele. Disse que traria muito amor para mim e para o meu marido e filhos fortes... No seu caso, filhas. – A mulher sorriu, enxugando uma lágrima errante. – Não tive filhas, então o estou passando de presente para você. Não se preocupe, os estilistas sabem que não podem me contrariar.

– Ah, Renata, que belo gesto. – Com a ponta dos dedos, Nicole traçou o padrão delicado de enfeites costurados à mão.

– É um prazer. E espero que um dia você o coloque na cabeça da sua própria filha, quando ela se casar com o homem que amar.

Nicole abaixou-se para que a futura sogra fixasse o véu delicado no lugar e os estilistas começassem a escovar as ondas soltas de seu cabelo por baixo. O efeito geral ficou tão classicamente deslumbrante que ela se viu sem palavras.

– Ame-o com todo seu coração – disse Renata. – E jamais terei que me preocupar com ele outra vez.

A mulher beijou-a de leve em cada bochecha, antes de se dirigir à porta e sair.

Nicole franziu a testa diante daquelas palavras, sentindo-as se assentar em seu peito. A mãe dele acreditava que era amor. Estava feliz por eles. Se ela soubesse a verdade com certeza ficaria com o coração despedaçado.

Respirando fundo, Nicole tentou acalmar os nervos quando foi deixada sozinha por alguns instantes na suíte nupcial. Era apenas mais um dia, nada de especial, disse a si mesma.

Ao caminhar até a escada para receber a equipe de eventos, deu-se conta do fato de que não tinha damas de honra, nem madrinha. A simpática coordenadora de eventos, que a aguardava no fundo dos degraus, a acompanharia até o jardim do castelo, onde havia uma bela capela situada a meio caminho do bosque.

A coordenadora e a sua equipe ajustaram o véu rapidamente, antes que as portas da capela se abrissem. Nicole ficou parada na entrada, sozinha, uma vez que optara por ninguém a acompanhar até o altar. Agora fazia as próprias escolhas.

As portas se abriram. Ela começou a caminhar lentamente pelo corredor, ciente das exclamações e suspiros de aprovação abafados dos convidados.

Quando Rigo se virou para ela, Nicole prendeu a respiração. O olhar de assombro silencioso em seus olhos quase a paralisou. Então, lembrou-se de continuar caminhando na sua direção, concentrar-se em seu rosto e esquecer todo o resto.

Rigo usava um elegante smoking. Valerio, seu irmão, estava ao seu lado, vestido com traje similar. Ela era o centro das atenções e ainda assim não se sentia exposta. Sentia-se confiante com os olhos dele fixos nos seus. Começou a experimentar uma sensação de expectativa à medida que se aproximava do altar. Mas quando parou ao lado dele, a enormidade do que estavam prestes a fazer recaiu sobre ela com um peso esmagador.

Rigo envolveu a mão dela na sua, enquanto o sacerdote dava início à cerimônia. Ela lutou para se concentrar nas várias orações para depois repeti-las automaticamente.

Quando, por fim, chegou o momento de deslizar a aliança de ouro no dedo anelar de Rigo, como símbolo de sua devoção eterna, para seu embaraço, Nicole sentiu um tremor incontrolável nas mãos. Os dedos morenos do noivo envolveram os seus e ela viu o lampejo de sentimento de posse em seus olhos azuis, quando ele colocou outra aliança de ouro idêntica em seu dedo.

O padre declarou-os marido e mulher.

Nicole sentiu a respiração parar na garganta ao ver a expressão de posse no olhar de Rigo. Ele não perdeu tempo. Envolveu-a pela cintura e pressionou os lábios nos dela. O beijo fazia parte da cerimônia, disse ela a si mesma. Mas quando ele soltou o ar lentamente, sentiu os dedos dele tremerem em sua cintura. O sinal de fraqueza a fez se perguntar se talvez não fosse a única a lutar para não se sentir afetada.

Rigo terminou o beijo após alguns instantes, afinal estavam em uma igreja, mas o calor em seu olhar era exclusivo para ela. Nicole soube com uma súbita clareza que a magia daquele momento ficaria guardada em sua memória para sempre, não importava o que acontecesse depois.

A RECEPÇÃO do casamento passou em um borrão de vinhos e danças. Quando o pai de Rigo levou Nicole para pista de dança, pela terceira vez, os pés dela doíam, implorando para escapar dos sofisticados sapatos de salto alto.

– Posso interromper?

A voz de Rigo soou em algum lugar atrás da sua orelha esquerda, quando a banda começou a tocar um ritmo lento. Já haviam compartilhado a primeira dança, no início da noite. A lembrança do rosto dele de encontro ao seu pescoço parecia grudada em sua pele.

Os fotógrafos estavam presentes no local, fazendo o possível para tentar se camuflar entre os convidados, sem obter sucesso. Durante todo o dia o marido a tocara e beijara, e aquela farsa convenceria o mundo da felicidade conjugal do casal. Mas seu corpo traidor não parecia perceber que aquilo não era real. Que estavam representando um papel.

As mãos de Rigo pousaram em sua cintura, as pontas dos dedos pressionando-a um pouco acima dos quadris. Quando a puxou para si, ela teve a impressão de tê-lo ouvido exalar um profundo suspiro. Mas ao erguer o olhar, ele não olhava para ela. Nicole apoiou a cabeça em seu peito largo, enlaçou-o pelo pescoço e inspirou seu excitante perfume.

Não levou muito tempo e os convidados se perfilaram para lhes desejar felicidades. Em seguida, os noivos fizeram a clássica saída sob um arco formado pelos braços dos familiares e amigos de Rigo.

Instantes mais tarde, perfizeram em silêncio o caminho até os degraus de pedra que levavam à suíte máster no topo do castelo. Nicole parou por um momento, no meio do corredor, para tirar os sapatos. Gemeu de alívio quando os dedos dos pés doloridos pisaram no chão acarpetado.

– Sente-se melhor? – perguntou Rigo com voz rouca.

Ela assentiu com um movimento de cabeça.

– É uma longa caminhada até aqui. Ainda mais com saltos.

Rigo deu um passo na sua direção, segurando-lhe o rosto com uma das mãos.

– Eu posso carregá-la, se quiser.

Quando ela não respondeu, ele se aproximou de novo, curvando-se para lhe dar outro beijo no pescoço.

– Não consegui parar de inalar este perfume delicioso durante o dia todo.

– Os fotógrafos já se foram, Rigo. – Ela respirou fundo, tentando ignorar a súbita a onda de desejo que a invadiu por inteiro.

– Vamos fingir que ainda estão aqui.

Essas palavras pareceram libertar uma tensão, que Nicole não sabia que estava sentindo. Aquele beijo foi diferente dos outros, mais urgente. Rigo envolveu-lhe o queixo com as mãos, segurando-a no lugar, enquanto sua língua quente e sensual buscava a dela. No instante seguinte, suas respirações se misturaram e o resto do mundo desapareceu. Ninguém os observava agora, não havia necessidade de fingir. Estavam completamente sozinhos.

Nicole relaxou e cedeu ao desejo que ameaçava queimá-la. Afundou a mão no cabelo dele e gemeu de encontro à sua boca, quando ele a puxou para si, fazendo-a sentir a evidência de sua excitação. Ela o queria. Queria tudo o que sabia que ele não podia lhe dar. E, talvez, se o tivesse, pelo menos naquela noite, fosse mais fácil sobreviver ao que quer que a vida lhe reservasse depois.

De repente, pareceu impossível parar.

Seus olhares se encontraram e se prenderam, na penumbra do corredor.

Ela respirou fundo.

– Rigo... se entrarmos neste quarto juntos, quero que seja verdadeiro.

Ele lhe tomou a mão, pressionando-a de encontro às batidas aceleradas do seu coração, através da camisa.

– Você realmente duvida que seja?

Nicole mordeu o lábio e, de mãos dadas, ambos caminharam pelo corredor em direção à suíte de lua de mel. Seus lábios se colaram assim que entraram e fecharam a porta. Ela mal teve tempo para apreciar as velas que conferiam uma atmosfera romântica ao ambiente, antes de ele a queimar mais uma vez com o fogo de sua paixão. E, ah, como era bom arder naquele fogo.

Com um movimento hábil, ela jogou o cabelo para o lado, para que ele pudesse alcançar os pequenos botões de pérolas, que se estendiam até a base da sua coluna vertebral.

– *Per l'amore di Dio*, isto é um vestido ou uma camisa de força? – Rigo respirou fundo e começou a abrir os minúsculos botões, um por um, em um ritmo lento e torturante. – Seria mais fácil simplesmente rasgar o vestido.

– Seria. Mas você não fará isso. – Ela mordeu o lábio. – Pelo menos espero que não faça.

– Posso ver que adorou este vestido, por isso vou tentar me controlar.

Rigo continuou abrindo os pequenos botões de pérolas até o vestido estar solto o suficiente para Nicole escorregá-lo para baixo. De fato, ela havia adorado o vestido, não por se tratar de um modelo de alta-costura ou porque estava milhas à frente da tendência da moda. Adorou, porque *ele* o adorou. E a faria lembrar para sempre do olhar maravilhado no rosto dele, enquanto ela caminhava pelo corredor da igreja para se tornar sua esposa.

Nicole deixou o tecido escorregar lentamente pelo corpo, antes de se livrar da montanha de seda e *chiffon* caída aos seus pés. Com os olhos de Rigo fixos em seu corpo seminu, tornou-se dolorosamente consciente do quanto estava exposta.

Ele se afastou, desfazendo o nó da gravata e desabotoando a camisa com movimentos lentos. Nicole sentiu a garganta secar quando ele começou a revelar a pele morena, centímetro por centímetro, antes de remover a camisa completamente e deixá-la cair no chão.

– Quer que eu a dobre? – perguntou ela tímida, nervosa com a tensão crepitante. – Não gostaríamos que ela ficasse amassada.

– Sem piadas, Nicole – murmurou ele, envolvendo-a pela cintura e puxando-a para si.

– Estou nervosa – admitiu ela, sua voz quase um sussurro.

– *Dio*, não percebe o quanto é linda?

– Você é a única pessoa no mundo que realmente me faz querer acreditar nisto.

– Isto soa como um desafio, *tesoro*. – Os olhos de Rigo adquiriram um brilho intenso.

CAPÍTULO 7

NICOLE ESTENDEU a mão e acariciou o peito nu de Rigo com ousadia, exatamente como fez na primeira noite que passaram juntos em Paris, uma eternidade atrás. Naquela vez, porém, o quarto estava escuro demais para ela apreciar sua perfeição. Agora, o fraco brilho das velas banhava o cômodo com luz suficiente.

O sentimento de embaraço se intensificou, mas com aqueles olhos, repletos de calor, fixos nos seus, boa parte da timidez que sentia desapareceu. Rigo estava tão excitado quanto ela, experimentando o mesmo grau de expectativa de uma maneira quase selvagem, enquanto parecia sorver cada centímetro do seu corpo. Nicole pendeu a cabeça para trás e fechou os olhos, entregando-se aos seus toques e carícias. Ele lhe envolveu ambos os seios com as mãos em concha, provocando os mamilos enrijecidos através das rendas de seu delicado espartilho nupcial.

A peça fora projetada, originalmente, para proporcionar praticidade, não para seduzir. Mas quando Rigo a virou e Nicole teve um vislumbre de si mesma no espelho, começou a entender o apelo daquela roupa íntima feminina. Os olhos dele escureceram enquanto lhe soltava os cordões com movimentos lânguidos. O tecido roçou-lhe os seios já excitados e escorregou, repousando em torno dos seus quadris.

Rigo fez um movimento sinuoso, roçando o corpo no dela, fazendo-a sentir o calor de sua ereção na parte inferior das costas. Ao mesmo tempo, com a ponta da língua, começou a traçar um caminho imaginário em sua pele macia, desde a curva do pescoço até o ombro. Seus olhos se encontraram no espelho, enquanto os dedos dele lhe exploravam os seios nus, e ela não pôde resistir ao desejo de pressionar-se mais para junto dele.

Como se tivesse adquirido vida própria, sua mão desceu para tocá-lo intimamente através do tecido da calça. Rigo sentiu a respiração acelerar quando ela envolveu toda a extensão de sua rigidez e o acariciou, correndo uma unha sobre a extremidade sensível.

O som do seu gemido gutural a encheu de prazer e Nicole sentiu o coração acelerar dentro do peito.

Rigo segurou-a pela mão, levando-a com ele pelo quarto em direção à cama king-size com dossel. Sentou-se sobre a colcha e posicionou-a de modo a deixá-la de frente para ele, presa entre suas coxas. O espartilho caiu no chão, segundos depois foi a vez da calcinha.

Num movimento instintivo, Nicole moveu-se para cobrir o abdômen, sabendo que as marcas da gravidez agora se encontravam expostas aos olhos dele.

RIGO AFASTOU as mãos de Nicole, segurando-as ao lado do corpo.

– Não se esconda de mim.

Inclinando-se para a frente, fechou os lábios sobre um dos mamilos e apoderou-se de seus quadris. E que quadris!, pensou, enquanto apertava a carne macia.

Nicole começou a relaxar. Apoiou as mãos nos ombros dele para se equilibrar, enquanto ele depositava uma trilha de beijos no vão entre os seus seios. Parecia reservada, inibida em relação à própria nudez. Por que, Rigo não sabia. Não podia ser mais claro sobre o quanto a achava sexy, sobre o quanto estava absurdamente excitado.

Então, ele parou de falar e começou a demonstrar, saboreando a pele suave e firme do abdômen dela com a ponta da língua, enquanto lhe apartava as pernas, de modo que pudesse escorregar os dedos para provocar, com toques suaves, as dobras quentes e macias entre as suas coxas.

Mesmo morrendo de vontade de possuí-la, obrigou-se a ter paciência. Moveu um dedo até a entrada escorregadia e o enterrou bem fundo, estabelecendo um ritmo lento, antes de adicionar um segundo dedo. Nicole gemeu baixinho, sussurrando algo incoerente, enquanto ele continuava a lhe dar prazer.

Rigo mordeu o lábio, sabendo que era o único homem que poderia fazê-la sentir aquele tipo de prazer. Nicole estava minando o seu autocontrole com aquelas respostas espontâneas aos seus toques. Não havia fingimento na forma como cravava as unhas em seus ombros e exalava o ar por entre os dentes com um chiado, enquanto ele a levava cada vez mais às alturas.

Sentindo os músculos se contraírem, Rigo diminuiu o ritmo, querendo prolongar aquela doce tortura um pouco mais. Esperou tempo suficiente para querer se deleitar ao máximo agora. Sem hesitar, afastou-se para trás e ajoelhou-se na frente dela. Sem lhe dar chance para contestações, deslizou a língua sobre o centro do seu prazer. Acariciou-a com movimentos longos e lentos, os dedos acompanhando o ritmo de sua boca.

Nicole agarrou um punhado do cabelo dele, enquanto gemia em êxtase, cada espasmo delicado enviando tremores de encontro a língua que a provocava com movimentos de vaivém. Em seguida, Rigo ergueu-se, deitou-a na cama e cobriu-a com o corpo. Ela era como seda quente... Um homem podia se afogar naquele mar de prazer. Nunca havia sentido nada parecido e estavam apenas começando.

Nicole abriu-se para ele, pressionando-se contra sua ereção, sem nenhum vestígio do pudor de antes. Um bom orgasmo, pelo visto, tornou sua esposa mais ousada. Ele sorriu para si mesmo. Prestaria atenção nisso, para uma referência futura.

Rigo cobriu-lhe os lábios com um beijo não muito suave, sabendo que ela podia provar o próprio gosto na língua dele. Esse fato só serviu para deixá-lo mais excitado, quando se deitou de costas na cama ao seu lado e a envolveu pela cintura. Queria-a sobre ele. Queria vê-la quando os dois atingissem o pico do prazer.

Nicole ficou tensa. Espalmando as mãos em seu peito, inclinou-se ligeiramente sobre ele.

– Rigo... – Ela mordeu o lábio, a voz soando hesitante.

– Confie em mim. – Beijou-a, envolvendo-a pela cintura, e puxou-a para si, de modo a deixá-la com as coxas entreabertas e enroscadas em torno de seus quadris. Prendeu a respiração quando ela lentamente se posicionou para recebê-lo dentro de si, capturando-o em seu calor úmido.

Rigo inclinou a cabeça para trás contra o travesseiro, a deliciosa sensação de aperto era quase impossível de suportar. Nicole ergueu os quadris de leve, fazendo-o experimentar novas ondas de prazer que lhe percorreram a espinha.

– Sim, assim mesmo – pediu ele, gemendo enquanto ela repetia o movimento, movendo os quadris em um ritmo lento e tortuoso.

Daquele ângulo, Rigo tinha uma visão completa das curvas tentadoras do corpo de Nicole. Os mamilos enrijecidos dos seios, as curvas internas da cintura. Era como se sua fantasia mais selvagem estivesse se tornando realidade. Despendeu alguns instantes saboreando o fato de ela ser inteiramente sua, a constatação de que era o único homem a vê-la daquela forma, a senti-la perder o controle.

Rigo prendeu a respiração quando ela se inclinou para a frente, dando-lhe a oportunidade perfeita para lhe abocanhar um dos seios mais uma vez. Nicole aumentou a velocidade dos movimentos, os quadris subindo e descendo em um ritmo cadenciado. Rigo arqueou-se, sentindo o prazer se intensificar. Jamais experimentara um orgasmo se construindo tão devagar, fazendo a tensão vibrar em cada terminação nervosa do seu corpo.

– Mais rápido... – implorou, afundando as pontas dos dedos nos quadris dela.

Rigo penetrou-a com uma investida forte, preenchendo-a tão completamente que lhe arrancou um gemido de prazer. Ele arregalou os olhos, segurando-a com firmeza, enquanto repetia o movimento, mais e mais. Nicole podia perceber que ambos estavam quase no limite. Suas mãos começaram a se mover impacientes. O orgasmo ganhou tamanha intensidade que a deixou sem fôlego.

Instantes depois, quando ela se partiu em um milhão de pedaços, Rigo não estava muito atrás dela. Algumas investidas profundas foram o suficiente para fazer os músculos dele enrijecerem e o corpo vigoroso ondular sob a força dos espasmos.

Nicole tentou se mover, não querendo desmoronar sobre ele, mas Rigo manteve o aperto firme em seus quadris. Ele gemeu baixinho enquanto enterrava a boca no vale entre seus seios e a puxava para baixo, para cobri-lo. Ela relaxou os músculos, incapaz de se segurar por mais tempo, e fechou os olhos saciada e feliz nos braços do homem amado.

Sentiu seu calor em torno dela, protegendo-a, e quando olhou para baixo, viu o brilho da aliança de ouro no dedo de Rigo sob a luz tênue. Depois de todo o prazer que havia experimentado, quase se esqueceu de que eram casados. Ela era a esposa de alguém agora.

E aquele homem pecaminosamente apaixonado era seu marido. O conceito de marido e mulher nunca significou muito para ela, até aquele dia. Mas como fez um voto na igreja de amar e honrar o homem ao seu lado, sentiu-se abalada por um pensamento errante.

Não tinha certeza se estava representando diante do altar.

RIGO SORRIU quando Nicole relaxou o aperto em seu braço, logo que o sinal do cinto de segurança foi desligado. A luz brilhante na cabine parecia acentuar o tom claro da sua pele quando ela inclinou a cabeça para trás e exalou o ar suavemente.

A criança, por sua vez, dormia no assento do carrinho, desde que eles chegaram ao aeroporto, uma hora antes. Nicole havia confidenciado à aeromoça sua preocupação com a pressão da cabine, mas ele podia ver agora que a preocupação dela não era apenas por causa de Anna.

– Você tem medo de voar? – Ele ergueu uma sobrancelha, agradecendo à aeromoça, quando ela trouxe dois copos de água mineral com gás e uma variedade de petiscos.

Nicole moveu-se para ajeitar os cobertores que cobriam a criança, verificando o cinto que prendia o assento no lugar.

– Não costumo, mas é a primeira vez de Anna em um avião.

– E ela parece bem melhor que você neste momento. – Ele sorriu. – Relaxe, é um voo curto até Siena, e posso lhe garantir que meu jato está bem conservado e dentro dos padrões de segurança.

– Eu sei. – Ela forçou um sorriso pálido, deixando escapar um longo suspiro. – Estou bem, verdade. Apenas um pouco ansiosa para me livrar da publicidade. Isso já é o suficiente para me fazer superar o medo de voar.

– Não seremos perturbados na propriedade, eu lhe garanto.

Sabendo que não havia limites reais para os *paparazzi*, Rigo havia se certificado de reforçar a segurança para a sua estada. Também providenciou um voo para a babá vir cuidar de Anna, o que lhe proporcionaria algum tempo sozinho com a nova esposa. De repente, percebeu que estava ansioso para aproveitar alguns dias longe do trabalho, e o pensamento o fez pausar. Tinha acordado naquela manhã mais relaxado e satisfeito, como há tempos não acontecia. Mesmo assim, na viagem de volta a Paris, se viu mais tenso do que nunca.

As fotos do casamento foram postadas no site da revista, desencadeando uma tempestade de publicidade que ele sabia que seria a etapa final para desfazer qualquer entrave no negócio com a Fournier. O escândalo original praticamente havia desaparecido dos tabloides mais famosos, assim que a notícia do noivado deles vazou na imprensa.

Olhou para a filha adormecida, agora legalmente uma Marchesi tanto no nome quanto no sangue. Devia se sentir aliviado por tudo estar saindo como o planejado. O novo aspecto do seu relacionamento com Nicole só fortaleceria a parceria dos dois, ou assim ele esperava. Ela não parecia o tipo de acreditar em casamento de conto de fadas. Afinal, ela mesma dissera que o amor não passava de uma noção romântica.

Rigo curvou-se para a frente.

– Nicole, eu estava pensando sobre... – Ele parou, percebendo o tom amarelado em suas bochechas. – Você tem certeza de que está bem? – Ele se inclinou sobre a mesa entre eles, pressionando a mão na testa dela. Estava fria e pegajosa.

Nicole afastou-se para trás, negando com a cabeça, enquanto respirava fundo outra vez, desta vez gemendo abertamente. Sem outra palavra, ergueu-se e disparou como um raio ao longo da luxuosa cabine. Ao alcançar o banheiro, entrou e fechou a porta com um clique alto.

Anna deixou escapar um pequeno gritinho em seu sono. A comoção foi suficiente para perturbá-la. Em silêncio, ele implorou para a criança não se mexer, mas é claro que suas pálpebras começaram a se agitar, antes de a menina abri-las e fitá-lo nos olhos.

Rigo havia presidido reuniões de alto risco entre empresas de vários bilhões de euros, no passado. Dera palestras na frente de dezenas de milhares de pessoas. Mas aquilo... Ele fez uma careta quando o rosto da filha se enrugou e seus olhinhos se encheram de lágrimas. *Aquilo o aterrorizava.* Sem saber como agir, apenas observou Anna começar a choramingar, olhando para ele.

– Não sou a sua mamãe, eu sei – disse, sentindo-se ridículo. A criança não entendia uma palavra do que ele dizia.

O choramingo transformou-se em soluços e, após um momento de indecisão, Rigo desafivelou o cinto de segurança depressa e ergueu o pequeno embrulho nos braços. A filha moldou-se perfeitamente ao seu peito. A cabine estava fria, então ele a manteve enrolada em um cobertor. Por certo, estava fazendo tudo errado, mas pelo menos Anna não chorava mais. Ele sorriu quando sentiu a pequena mão segurar-lhe a camisa. Dois olhos azuis perfeitamente redondos o fitaram curiosos.

A porta do banheiro se abriu e Nicole saiu, parecendo um pouco menos pálida. Ela ficou paralisada por um momento, observando-o com um olhar estranho no rosto. Assim que o bebê avistou a *mamãe* começou a se contorcer, tentando se livrar dos braços dele. Nicole apressou-se para pegar a filha no colo.

– Desculpe – disse ela em tom calmo. – Às vezes, eu enjoo em viagens.

– Tudo bem. Acho que consegui segurá-la sem a quebrar por enquanto.

Nicole sorriu, abraçando Anna próximo ao peito.

– Ela está muito mais forte agora. Nasceu prematura, cinco semanas antes do previsto. Você devia tê-la visto quando...

A voz de Nicole morreu, as palavras reverberaram entre eles, pesadas e desconfortáveis. Então, a menina riu, puxando um punhado de cabelo escuro da mãe.

– Talvez seja melhor eu ir me refrescar – disse Nicole meio sem jeito. – Vou levá-la comigo desta vez. Você deve ter trabalho a fazer.

Rigo assentiu, olhando os e-mails na tela, enquanto ela recolhia um saco de artigos de higiene pessoal e se dirigia à parte traseira do avião. Algo sombrio e desconfortável começou a se desenrolar no peito dele.

Sua filha era linda. Jamais conseguiria entender por que não percebeu a semelhança de imediato. Mas a mente pregava peças cruéis quando estava irritado, e sem dúvida ele ficara irritado. Já havia perdido muito tempo da vida de Anna. Desejou saber se a menina, de alguma forma, ergueria um grande muro entre eles. Se algum dia se lembraria da sua ausência e o consideraria para sempre um pai ausente.

QUANDO RIGO saiu para a varanda da sua casa de campo na Toscana, novamente sentiu-se tomado por uma profunda sensação de calma. Com uma xícara de café fresco nas mãos, sentou-se na varanda para contemplar os primeiros raios de sol tingindo de rosa o céu do amanhecer, acima dos vinhedos. A residência ocupava uma vasta extensão de terras que se estendiam por colinas verdejantes e terrenos cultivados. Ele ouviu a gloriosa ausência do ruído do tráfego, vozes de pedestres e todos os outros sons que o faziam lembrar de sua vida em Paris.

Nicole sentou-se ao seu lado, usando apenas um robe de seda leve, com o cabelo solto, caindo-lhe pelos ombros em uma cascata de ondas desalinhadas. Ele havia feito amor com a esposa mais uma vez no meio da noite, depois de acordar sentindo suas longas pernas entrelaçadas às dele, e novamente pouco antes de decidirem se levantar para tomar o café da manhã.

– Esta vista é de tirar o fôlego. – Ela suspirou, inclinando-se contra o parapeito, segurando a própria xícara de café fumegante nas mãos. – Se esta propriedade fosse minha, eu jamais sairia daqui.

– Para todos os efeitos *é* sua agora. – Ele remexeu o café, pensativo. – Comprei este lugar para trazer lucro à região, com vinhedos e os estábulos, mas não creio que pus os pés aqui mais de duas vezes nos últimos anos.

– Você nunca tira férias? – perguntou ela. – Espere, eu já sei a resposta para esta pergunta.

– Tenho uma vida muito ocupada, como você sabe. Mas fui orientado pelos meus assessores a aproveitar esta lua de mel e é isto que pretendo fazer.

– Você fala como se fosse um trabalho. – A expressão de Nicole perdeu um pouco do brilho, seus olhos se desviaram para os súbitos jatos finos de água borbulhante que esguicharam para o ar, quando os aspersores começaram a irrigar a terra.

– Sinto muito se a minha falta de entusiasmo lhe ofende, mas simplesmente não nasci para ficar ocioso. Isso me deixa nervoso.

Ela o encarou.

– Talvez esta seja a primeira confidência espontânea que você me fez. Estava começando a me perguntar se seria feito de pedra embaixo de todos esses músculos.

– Acho que nós dois sabemos que não sou frio com você, *tesoro*. – Ele estendeu a mão para envolvê-la nos braços, puxando-a para mais perto.

Nicole pousou o café sobre a mesa ao lado deles e espalmou as mãos no peito dele.

– Nós nos damos bem na cama, é verdade. Mas estou falando de quando não estamos na cama, Rigo. Sinto-me desconfortável com o fato de você saber quase tudo sobre mim, enquanto eu ainda sei tão pouco sobre você.

– O que gostaria de saber? – perguntou ele, recostando-se contra o peitoril.

– Não sei. – Nicole riu. – É como me perguntar quantas uvas tem neste vinhedo.

– Mais ou menos cerca de cinco toneladas e meia por acre. – Ele sorriu diante do seu olhar interrogativo. – Estou brincando, é apenas um palpite.

– Existe um Rigo Marchesi que você nunca mostrou para o mundo?

Por um breve instante, a expressão dele hesitou e a emoção em seus olhos era tão intensa que a fez prender a respiração. Mas tão depressa quanto surgiu, desapareceu, levando-a a pensar que tinha sido apenas imaginação.

– Nunca vivi uma vida de aparências como você, Nicole. Os Marchesi não se dão o luxo de guardar segredos – disse ele calmamente, tomando outro gole de café. – Se quiser saber mais sobre a minha coleção de vinhos secreto, terei prazer em lhe mostrar. – Ele sorriu, a expressão brilhante transformando as sombras anteriores em seu rosto.

Nicole olhou para seu sorriso e sentiu algo florescer dentro dela. Aquela pequena semente de esperança tola que ela sabia que segurava bem apertado de encontro ao peito. Rigo continuava escondendo muito de si mesmo. Mas ela seria ingênua em esperar que a atração que crepitava entre os dois pudesse se transformar em algo mais profundo, se tivesse chance. Ficariam ali por algumas semanas, e estava determinada a aproveitar ao máximo aquela oportunidade para descobrir o que havia sob a armadura protetora com que ele parecia se proteger.

Após terem tomado banho e se vestido, passaram o dia explorando os terrenos da propriedade. Rigo parecia mais à vontade com Anna no colo, apontando para todos os diferentes tipos de uvas que cresciam no extenso vinhedo.

Nicole esforçou-se para recuar e deixá-lo assumir o comando. Não esperava que ele demonstrasse tanto interesse na filha. Não queria criar falsas esperanças de que seria um pai presente, quando sabia o quanto ele era dedicado ao trabalho. Mas quando ele se inclinou e deu um beijo na bochecha da menina, ela sentiu outra camada da armadura em torno do coração dela se partir. Anna aninhou o rosto em seu ombro e Rigo ergueu as sobrancelhas, surpreso.

– Acho que ela está começando a gostar de mim – comentou, olhando para onde ela estava, observando-os.

Nicole tentou rir, ignorando o modo como seu coração disparou ao vê-lo segurando a pequena filha. Aquele incômodo lampejo de esperança floresceu mais uma vez em seu peito, fazendo-a desejar coisas que não podia ter.

CAPÍTULO 8

Rigo afastou-se da porta após assistir Nicole deitar a filha no berço. A criança havia adormecido em seus braços. Estava exausta depois de uma manhã brincando na piscina e uma tarde visitando os estábulos. A semana anterior, desde que desembarcaram na Toscana, transcorreu para ele em uma rotina confortável de longos dias explorando as cidades vizinhas, seguidos de longas noites de amor com a esposa.

Nicole acompanhou-o até a varanda e ligou a babá eletrônica, enquanto Rigo pegava duas taças de vinho.

– Acho que nunca mais vou me contentar com outro vinho após provar este. – Ela exalou um longo suspiro, inclinando a cabeça para trás quando se sentaram em uma das espreguiçadeiras, lado a lado.

– Todo o vinho deste vinhedo é excepcional. Mas este em particular é da coleção vintage, meu favorito.

– Então, vai explicar o seu comportamento anterior? – Um sorriso maroto brincou nos lábios de Nicole.

– Você quer dizer quando salvei Anna de levar uma mordida nos dedos? – Rigo baniu a forte apreensão que sentiu ao se ver nos estábulos com a criança pequena, cercada por seus enormes garanhões.

– O cavalo estava, pelo menos, a meio metro de distância da menina, Rigo. E ela estava protegida nos meus braços.

– Ela estava ficando muito agitada, sacudindo os dedinhos na frente dele. Era apenas uma questão de tempo antes de algo acontecer.

– Ah, sr. Seriedade, você realmente precisa aprender a relaxar – zombou Nicole. – Anna não estava em perigo hoje. Você parece ter se apegado demais a ela nesta última semana. Estou sentindo algum tipo de síndrome de pai superprotetor?

– Não é superproteção querer se certificar de que ela não se machuque, é? Quero dizer, talvez eu tenha sido um pouco cauteloso demais. Mas o que deveria fazer? Deixá-la ser mordida?

Nicole explodiu em uma risada baixa.

– Bem-vindo à paternidade, querido. – Ela sorriu. – Uma estrada infinita de preocupação e insegurança.

Rigo fez uma pausa, absorvendo aquelas palavras. Era isso que estava errado com ele naquele dia? A tensão em seu corpo por ter a pequena filha tão perto dos animais quase o levou à loucura. Por fim, ele as trouxe de volta para a casa, para que pudessem nadar na piscina, enquanto verificava alguns e-mails.

Nicole fazia questão que ele passasse mais tempo com Anna, e ele sabia que não estava sendo razoável, mantendo-se a distância. Então, durante toda a semana tentou ser mais interativo, nadando, falando e tentando formar algum tipo de vínculo com a filha.

Mas estava começando a pensar que talvez simplesmente não tivesse nascido para a paternidade.

– Posso lhe perguntar uma coisa? – indagou ela, virando-se para fitá-lo. – É algo que não me saiu da mente, após conhecer sua família e vê-lo aqui com Anna.

Rigo assentiu com a cabeça e tomou um gole de vinho, esperando a pergunta que já esperava que ela fizesse mais cedo ou mais tarde.

– Por que decidiu não ter filhos ainda tão jovem? Você vem de uma família tão coesa, isso não faz sentido.

– Nicole... – começou ele, sem saber muito bem o que dizer. Não tinha vontade de falar sobre o passado, era certo. Mas a expressão nos olhos da esposa deixava claro que ela estava de fato interessada.

– Só quero entender o homem com quem estou casada. É assim tão terrível?

– Fiz uma vasectomia porque cheguei à conclusão de que a paternidade não era para mim. É tão difícil de acreditar?

– E agora?

Rigo fez uma pausa. E agora se sentia gostando mais e mais da mulher e da filha a cada dia. Passou toda aquela semana com Nicole e Anna, fazendo várias atividades no campo. E todas as noites, se perdendo no abraço apaixonado da esposa, fazendo amor com ela até ambos chegarem à exaustão. Desde que chegou ali, dormia como um anjo. O lugar o rejuvenesceu. Era a única resposta para aquele súbito aumento de sensação de bem-estar.

Nicole fitava-o em expectativa. Ele tomou outro gole de vinho, olhando-a por sobre a borda da taça.

– Não sei bem o que você quer que eu diga.

– Ainda tem a mesma opinião sobre a paternidade agora que tem Anna?

– Eu realmente não tenho escolha, sejamos justos – disse ele depressa, e, em seguida, viu a dor estampada no rosto de Nicole. – Eu não quis dizer isto.

– Deixe para lá. Nem sei por que eu me preocupei em perguntar. – Ela se sentou outra vez, voltando a olhar para o céu ainda brilhante da noite.

– Eu lhe disse, não gosto de viver no passado.

– Há uma diferença entre viver lá e fingir que nunca aconteceu. – Ela o encarou. – Na noite do jantar de ensaio você mencionou que teve uma noiva antes de mim...

– Se insistir em saber essa história, eu lhe contarei.

Rigo pousou a taça na mesa e clareou a garganta. Ele sentiu o polegar começar a bater nervosamente ao lado da cadeira e acalmou o movimento antes de se tornar muito evidente.

– O nome dela era Lydia. Nós nos conhecemos quando eu estava no último ano da faculdade, nos Estados Unidos. Era um ano mais velha que eu e... trabalhava em uma cafeteria no campus. Eu a conheci em um bar, em uma noite de sexta-feira, e antes que me desse conta estávamos vivendo juntos.

– Tão rápido? – perguntou Nicole.

– Tão rápido. Mas não me importei na ocasião. Estava apaixonado demais para perceber os sinais de alerta ao meu redor. – Ele se ergueu e caminhou até se encostar no peitoril da varanda. – Estávamos juntos havia quase seis meses, quando ela me disse que estava grávida.

Rigo respirou fundo, odiando o efeito que aquilo lhe causava. Odiava pensar naquela época da sua vida. Quando era totalmente jovem e ingênuo.

– Eu era um tolo romântico. Propus casamento a Lydia e voamos para cá, para ela conhecer a minha família. Não contei a eles sobre o bebê, é claro. Era para ser um segredo nosso, que só seria revelado após o casamento.

Ele riu, um som cruel, vindo do fundo do peito.

– Lydia me tinha nas mãos. Se não fosse a imediata antipatia que minha mãe sentiu por ela, quem sabe onde as coisas teriam chegado? Minha mãe mandou investigá-la, apenas como precaução antes do casamento. Fiquei aqui enquanto Lydia voltou para os Estados Unidos para dar continuidade aos preparativos. Com o meu cartão de crédito, é claro.

Nicole fitou-o, o rosto tenso, enquanto ele continuava.

– Lembro-me que eu estava sentado do lado de fora da capela após marcar a data do casamento, quando ela me ligou aos prantos. Havia perdido o bebê. – Ele meneou a cabeça. – Eu estava sentado nos degraus e chorei, com o coração despedaçado pela vida que se perdeu. Peguei o próximo voo disponível e corri para ficar ao lado dela e confortá-la. Disse-lhe que tentaríamos de novo, que eu lhe daria quantos filhos ela desejasse ter.

Ele suspirou.

– Minha mãe chegou ao meu apartamento sem avisar algumas semanas mais tarde. Lydia estava em um spa. Jamais esquecerei o olhar em seu rosto quando ela me contou o resultado da investigação que mandou fazer. Fiquei furioso.

Quase a expulsei de lá. Mas então ela me mostrou uma cópia de um documento médico, datado de um mês antes. Nele constava o nome de Lydia. E havia uma foto dela, tirada por uma câmera de segurança, em uma clínica de aborto.

Nicole levou a mão à boca, horrorizada.

– Rigo...

– Confrontei-a no momento em que ela chegou em casa. Naturalmente, ela negou tudo até eu lhe mostrar a prova. – Ele sacudiu a cabeça. – Disse-me que estava com medo de ter o bebê, que temia que isso me fizesse amá-la menos. Mas a essa altura, minha mãe já havia me mostrado as despesas altíssimas que ela fez em meu nome e eu perdi a viseira que me deixou cego de amor e não me deixava enxergar quem de fato ela era.

Nicole permaneceu em silêncio, processando a revelação de que Rigo amou uma vez. Ele disse que não acreditava no amor e no romance, mas, pelo visto, naquela fase da sua vida, pensava diferente. E aquela mulher o fez sofrer.

Rigo continuou falando espontaneamente, seu rosto era uma máscara rígida de dor.

– Quando estava removendo meus pertences do apartamento, encontrei um alfinete na parte inferior da mesma gaveta que eu usava para guardar meus preservativos. Muitas vezes ela me pediu para não usar proteção, alegando que tomava pílula. Mas eu continuei usando do mesmo jeito por medida de segurança.

– Ela ficou grávida de propósito? – Nicole respirou.

– Lydia admitiu isso, quando percebeu que estava tudo terminado. Foi difícil ver sua máscara cair e descobrir que ela não era a pessoa que dizia ser. Ela mentiu sobre quase tudo, para se casar comigo.

– Então você decidiu fazer uma vasectomia por causa do que aconteceu? – perguntou Nicole, ainda lutando para assimilar tudo o que ele lhe contou.

– Superei o término com o tempo, a raiva me ajudou. Eu me formei e voltei à Itália, para começar a trabalhar para o meu pai. Estava tão perdido, que só queria ser livre, ir a festas e fazer sexo para queimar algumas calorias. Cada vez que olhava para uma mulher eu me perguntava se ela seria igual à Lydia.

Rigo ergueu as sobrancelhas, deixando-se afundar pesadamente em uma cadeira ao lado dela.

– Não consegui dormir com ninguém por mais de um ano. Isso me torturava. Então ouvi o meu tio conversando com o meu pai sobre suas amantes e rindo sobre quantas vezes elas tentaram engravidar, sem saber que ele fez uma vasectomia.

– E você fez uma também? – disse Nicole calmamente.

Rigo sacudiu a cabeça.

– Não foi tão simples assim. Tive muitas dúvidas. Quando Lydia me disse que estava grávida, fiquei apavorado, mas o medo logo abriu caminho para a excitação. Eu sempre quis ser como meu pai, entende.

– E mesmo assim resolveu fazer?

– Sim. Decidi jamais correr o risco de me entregar a alguém daquela maneira outra vez, logo filhos não seriam uma possibilidade. Fiz o procedimento e só me envolvia com mulheres que eu sabia que eram independentes e bem-

-sucedidas em suas carreiras. Nada que se assemelhasse a uma caçadora de fortunas.

– Até me conhecer. – Nicole encarou-o, sentindo a emoção daquela revelação pesar em seu peito. – Agora ficou bem claro para mim por que você reagiu daquele jeito naquela manhã. Lembrou-se dela, não é? – perguntou Nicole com tristeza.

– Eu estava nervoso por causa do meu descuido, sim. Mas penso diferente agora. Sei a verdade sobre o seu passado.

– E ainda assim está determinado a não se envolver a sério com mais ninguém outra vez?

– Nicole... Eu lhe contei tudo isto para ajudá-la a me entender...

– E agora eu entendo. Muito claramente. – Ela se ergueu, caminhou até o peitoril da varanda e virou-se para encará-lo. – O que aconteceu com você foi doloroso e traumatizante. Posso imaginar como deve ser difícil voltar a confiar em uma mulher. – Ela meneou a cabeça. – Mas aqui estamos, casados há pouco mais de uma semana, e eu só fiquei sabendo sobre isto agora.

– Eu devia ter lhe contado antes. Mas tínhamos concordado em manter distância, achei que você não precisava saber.

– Pensei que estava distante comigo por causa do nosso passado. Que ainda estava aprendendo a confiar em mim. Tive esperança de que talvez com o tempo... algum dia pudéssemos ter mais.

– Eu confio em você, Nicole. – Rigo levantou-se e segurou-lhe as mãos.

Ela se afastou e se virou.

– Talvez você confie que eu não vá roubar o seu dinheiro. Mas jamais confiará em mim com seu coração, não é? – Ela se virou de frente para encará-lo, percebendo pela expressão em seu rosto que ele parecia confuso.

– Meu *coração*? O que isto tem a ver com confiar um no outro? – Ele alteou a voz.

– *Tudo!* – respondeu ela, a emoção transbordando em cada palavra. – Como pode não dizer que eu sou loucamente apaixonada por você? – Ela se recusou a deixar as lágrimas saltarem de seus olhos. – Eu me apaixonei por você desde a noite que me abri e lhe confessei o meu passado. Falei a verdade pela primeira vez e me ouviu. Você é a única pessoa neste mundo que realmente me enxerga como eu sou. O que temos juntos é verdadeiro, não consegue ver?

– Eu sei que é verdadeiro. O que temos é algo profundo, Nicole.

– Mas você não me ama. – Ela deixou as palavras caírem pesadamente entre os dois, criando uma lacuna que ela sabia agora que jamais seria preenchida, não importava o quanto tentasse.

Rigo passou a mão pelo cabelo, seus olhos azuis escurecendo com a frustração.

– Não é que eu não a ame, é que eu não posso. Você está pedindo algo que não existe em mim.

Nicole sacudiu a cabeça.

– Claro que existe. Você não se transformou em um robô só porque sofreu uma terrível decepção amorosa. Tem medo de se entregar por inteiro a alguém, e eu entendo isso.

– Nicole, vamos parar para respirar... – Ele deu alguns passos para longe dela, o corpo rígido de tensão.

– Esta conversa ia acontecer mais cedo ou mais tarde – continuou ela. – E fico contente por estar acontecendo agora. Não vou me contentar com metade de um relacionamento, não quando sei agora que mereço mais.

– Então eu não a mereço? É isto? Está tentando me forçar a dizer coisas quando sequer sabe o que está me pedindo.

– Você não precisa dizer nada. Não vou pressioná-lo ou desabar em prantos. – Ela pigarreou. – Estou lhe dando a opção de voltar atrás no nosso acordo anterior.

– Nicole...

– É tudo o que estou preparada para lhe dar, Rigo. Se continuarmos por este caminho, alguém vai acabar ferido. E ambos sabemos que esse alguém serei eu.

Rigo permaneceu em silêncio, fitando-a com um olhar frio. Era como se ela quase pudesse ver persianas, literalmente, se fechando em seus olhos. Protegendo-o das palavras dela.

– Continuarei sendo sua esposa. Mas apenas no nome. – Nicole manteve a voz firme e áspera em um esforço de conter o fluxo de emoção que ela sabia ser iminente.

– Se é isso que vai fazê-la feliz, então é melhor mudar seus pertences para um dos quartos de hóspedes. – Ele se sentou, servindo-se de outra taça de vinho.

Nicole ficou lá mais tempo do que deveria, olhando para o homem que amava, desejando que ele voltasse à razão.

Enquanto caminhava de volta ao interior da casa e se dirigia, em silêncio, à escada, desejou que Rigo a seguisse.

Assim como quis naquele dia, quando lhe revelou que estava grávida, uma vida atrás. Mas o sentimento atual era muito pior. Antes, ela não o amava. Nem sabia o que era amor. Agora, sentia como se seu coração estivesse se despedaçando a cada passo que se distanciava dele, embora soubesse que era melhor assim.

Não podia lhe dedicar todo o seu amor, sabendo que ele jamais o retribuiria. Que estaria sempre lhe negando uma parte de si.

Quando estava no quarto, arrumando as malas para levá-las para outro cômodo, as lágrimas começaram a rolar pelo seu rosto. Continuou a embalar seus pertences, enxugando cada uma com raiva, tentando a todo custo contê-las.

Então ouviu o rugido alto de um motor, do lado de fora da janela. Olhou para baixo a tempo de ver o carro de Rigo em alta velocidade na estrada, os faróis desaparecendo na escuridão da noite.

Nicole sentou-se na cama e, por fim, admitiu para si mesma o que se recusara completamente a acreditar. Não havia mais esperança.

Envolveu o corpo com os braços e se inclinou para a frente, enquanto os soluços de tristeza lhe oprimiam o peito.

Estava tudo acabado.

RIGO ENCONTRAVA-SE no escritório improvisado na casa de campo, esperando uma ligação para informá-lo de que seu jatinho particular estava pronto para partir. Ainda restavam cinco dias de lua de mel, mas ele não podia continuar ali. Não agora que Nicole se recusava a lhe dirigir a palavra.

A raiva que ela sentia era compreensível. Mas seu silêncio era mais do que ele podia suportar.

Deveria ter imaginado que terminaria daquela forma. As coisas estavam indo bem demais. Pelo menos, antes se tratavam com civilidade, às vezes. Agora ali estavam, casados apenas há uma semana e totalmente infelizes, assim como Nicole previu. O divórcio não era apenas uma possibilidade agora. Era inevitável.

Pensou no casamento dos pais que já durava 35 anos, sem uma única separação. Como conseguiam tal feito?

Não conseguiu encontrar Nicole durante toda a manhã, mas era provável que o motorista dos pais a tivesse buscado e ela esquecera de lhe dizer. Vinha fazendo visitas regulares aos sogros, para que os dois pudessem passar algum tempo com Anna.

Era bem provável que eles tivessem passado mais tempo com a sua filha do que ele próprio. Não sabia por que não podia ser apenas natural, como o pai dele. Não que isso importasse agora. Assim que Nicole o deixasse, por certo ele só teria direito a visitas limitadas, de qualquer maneira.

O pensamento das duas vivendo longe dele o encheu de vazio, mas ele sabia que era o melhor. Não podia dar a Nicole o que ela queria. Jamais seria capaz.

NICOLE DEPRESSA lamentou a decisão de sair para um piquenique com Anna sem levar o carrinho. O peso da menina em seus braços era como chumbo, depois de apenas dez minutos carregando-a até a colina, fora da vila. Mas a atmosfera opressiva na casa era mais do que ela podia suportar. Rigo partiria naquele dia, e não queria estar lá quando ele fosse embora.

As lágrimas que derramou ao longo das últimas 24 horas eram suficientes para durar pelo resto da sua vida. E já estava na hora de se acostumar a viver ali sozinha, agora que havia decidido ficar.

Amava aquele lugar. As paisagens e os cheiros. Era o lugar perfeito para criar Anna. As pessoas da região estavam acostumadas com os Marchesi e não os incomodavam. As duas levariam uma vida tranquila.

Nicole parou no topo da colina ao encontrar uma árvore frondosa que fornecia bastante sombra. Ainda era cedo, mas já fazia uns 25 graus. Sentou Anna sobre um cobertor e retirou os sapatos. Pegou algumas frutas e pão da cesta que trouxe para fazer um lanche no meio da manhã, e riu quando Anna tirou um pedaço de melão da sua mão e o sugou com avidez.

Ficariam bem ali na Toscana, disse a si mesma, enquanto mastigava a própria fruta. Teria a filha e privacidade, e era tudo o que importava agora.

Assim que terminaram de comer, já se aproximava das 11h, e a temperatura estava bem mais quente. Ergueu-se, alongando os músculos das pernas tensos por ter ficado tanto tempo sentada. Olhou mais à frente, para a colina que levava à capela. Por alguma razão, o silêncio, que normalmente a acalmava, deixou-a nervosa, de repente.

Havia um homem parado lá, ao lado de um carro preto, com o rosto parcialmente encoberto por um chapéu de palha. Parecia um habitante local, pensou, a mente trabalhando para processar aquela repentina sensação de desconforto.

Sem aviso, o homem puxou uma bolsa escura para fora do carro, retirou uma grande câmera telescópica e começou a descer a colina na sua direção.

Paparazzi. Nicole não perdeu tempo. Abandonando o piquenique e a manta, cobriu o rosto de Anna e caminhou tão rápido quanto pôde na direção oposta. Sem parar, olhou por sobre o ombro, e com certeza o homem estava preparando a lente de longo alcance e correndo atrás dela. Com o coração aos pulos dentro do peito, ela lutou para manter Anna próximo ao corpo, com o rosto protegido.

Disparou colina abaixo, mas tendo deixado os sapatos para trás, seus pés descalços não tardaram a ficar feridos por causa do solo acidentado. Cada passo provava ser um verdadeiro suplício, enquanto ela tentava a todo custo se manter à frente de seu perseguidor.

Ao ouvir um ruído atrás dela, virou-se para se certificar de que ele não a tivesse alcançando. Nesse instante, perdeu o equilíbrio, pisando em cheio em uma pedra pontiaguda. Anna começou a chorar, um som cortante e estridente, que enviou ondas de dor direto ao coração de Nicole. Estavam sendo alcançadas rapidamente.

O homem parecia não se importar que a criança estivesse apavorada, pensou ela com raiva. Tudo o que queria era tirar uma foto que valeria um milhão de euros. De modo algum, ela permitiria que isso acontecesse.

Gemendo de dor, endireitou-se e se obrigou a colocar pressão sobre o pé, sentindo as lágrimas ardendo nos olhos.

Estavam quase alcançando o portão da casa, disse a si mesma. Sem pensar duas vezes, gritou para os seguranças de sentinela, sua voz soando trêmula graças à adrenalina. Anna agora chorava a valer, o pequeno corpo tremendo, as mãozinhas se agarrando à blusa da mãe.

Por sorte, os homens responderam depressa, correndo para fora da cabine para acudi-la. Mas de imediato foram ultrapassados pela figura poderosa de Rigo, que tinha as feições contraídas pela ira.

CAPÍTULO 9

O PUNHO de Rigo acertou em cheio a mandíbula gorda do fotógrafo, derrubando-o no chão, no mesmo instante, onde agora se encontrava encolhido. Em seguida, pegou a câmera e a arremessou contra a parede da frente da propriedade, quebrando-a em inúmeros pedaços.

– Vai se arrepender por isto, Marchesi. – O homem cuspiu sangue no chão, gemendo com a mão no queixo inchado.

Rigo curvou-se, segurou-o pelo colarinho e o observou estremecer, se preparando para levar outro soco.

A única coisa que o impediu de esmurrá-lo mais uma vez, foi a mão de Nicole em seu braço. Dominado pela raiva, tudo o que conseguia ouvir, naquele momento, eram os gritos aterrorizados da filha.

Os seguranças entraram em ação. Um deles ergueu o homem, tirando-o do alcance de suas mãos, enquanto outro ligava para a polícia local.

Rigo estendeu os braços e retirou Anna do colo de Nicole. A menina aconchegou-se ao seu peito, ainda gritando assustada, mas não com tanta intensidade agora. Segurando Nicole pelo braço, ele a conduziu para longe daquele cenário de violência, de volta à casa, com o coração batendo dolorosamente dentro do peito.

Uma vez no interior, Rigo acalmou a filha até a criança começar a sorrir outra vez. Colocou-a no cercadinho e a rodeou com brinquedos. Os pés feridos de Nicole precisavam de cuidados. A lembrança do seu rosto em pânico o fez cerrar os punhos. Então, tratou de bani-la depressa da mente. Necessitando fazer algo prático para se acalmar e se impedir de correr lá fora para atacar o rato mais uma vez, pegou uma caixa de primeiros socorros da cozinha e começou a trabalhar, desinfetando os ferimentos e cobrindo-os com curativos.

Nicole gemeu de dor.

– Eu deixei os sapatos para trás quando fugi dele.

A mandíbula de Rigo enrijeceu.

– Ele vai receber o que merece, não se preocupe.

– Ele vai processar você por tê-lo atacado – sussurrou Nicole, olhando para as janelas.

– Eu gostaria de vê-lo tentar – vociferou ele, colocando uma última camada de pomada na pele dela, antes de fechar a caixa com um clique estridente.

Rigo ergueu-se, sentindo necessidade de se mover, de se livrar da terrível sensação de perder o controle. Certo, podia ter sido precipitado em socar o bastardo, mas faria tudo de novo, inúmeras vezes, se fosse preciso.

– Isto não é nada bom. – Nicole encarou-o. – Você iniciou uma guerra com as pessoas que nos esforçamos tanto para contemporizar.

– Você preferiria que eu o tivesse deixado partir com as fotos da nossa filha?

– Não, claro que não. – Ela estremeceu ao se pôr em pé. – Só estou preocupada com a repercussão. Como este episódio vai afetar os seus negócios... a sua empresa.

Rigo sentiu um aperto no peito. Não havia pensado na empresa. Se fosse honesto consigo mesmo, não pensava nos negócios há dias. Agiu por instinto, protegendo o que mais importava para ele. Pela primeira vez na vida, não pensou nos próprios interesses. Quando Anna e Nicole haviam se tornado mais importantes?

Com esse pensamento, ergueu-se e caminhou até a janela. A distância, podia ver o repugnante fotógrafo sendo conduzido a uma viatura da *polizia*. Alberto, que estava parado no portão, virou-se e olhou para ele com uma expressão que Rigo sabia que refletia a sua.

Havia estragado tudo.

NICOLE SENTOU-SE após o desjejum, na manhã seguinte, e observou Rigo andar de um lado para o outro na varanda, falando com sua equipe jurídica ao telefone. Era desconfortável não saber se devia se aproximar do marido ou deixá-lo sozinho. Vê-lo perder a cabeça tão completamente, no dia anterior, foi aterrorizante, como se ele fosse um estranho.

Rigo voltou para o interior da casa, colocou o telefone na base com um clique e tomou um longo gole de café expresso.

– O fotógrafo entrou com uma ação contra mim na justiça – disse ele, cerrando o punho firmemente sobre a bancada. – Alegou que estava em uma via pública e deveria ter liberdade de imprensa. Os meios de comunicação estão pressionando para derrubar a nossa liminar.

A mão de Nicole paralisou, deixando o *croissant* cair de volta no prato.

– Ele não pode fazer isso. É apenas um homem.

– Nunca é apenas um homem, quando se trata dos *paparazzi* e o que eles julgam se tratar de um direito dado por Deus de tornar público o que bem entendem.

Nicole sentiu-se subitamente gelada, embora o calor do sol da manhã já penetrasse pelas janelas. Se a liminar fosse derrubada, significaria que todos os detalhes sobre o relacionamento dos dois e da filha poderiam ser expostos.

– Teremos de partir para Paris o mais rápido possível – disse ele, voltando-se para ela, com as mãos enfiadas nos bolsos.

– *Não* vou para Paris. – Nicole fitou-o, surpresa por ele sequer sugerir uma coisa dessas.

– Temos que resolver este problema, Nicole. Se o negócio com a Fournier não se concretizar agora, milhares de empregos estarão em jogo. Para não mencionar o efeito que isso terá sobre o Grupo Marchesi.

– Sua empresa não é a minha prioridade no momento. – Ela mordeu o lábio com força.

– Nicole, eu preciso de você ao meu lado, se quisermos ter alguma chance de enfrentar esta situação – disse ele sincero. – Você é minha esposa.

– Exato. Sou sua *esposa*. Então pare de pensar em mim como um artifício de mídia e considere os meus *sentimentos*, para variar. – Ela se ergueu, ignorando a dor que sentiu. – Aquele homem me perseguiu colina abaixo para tirar fotos da minha filha, Rigo. Você faz alguma ideia do quanto é terrível saber que ainda não sou capaz de protegê-la?

– Você concordou com isso quando nos casamos – disse ele, elevando a voz. – Sabia que envolvia um relacionamento badalado.

– Não concordei em me meter direto no centro de um escândalo. Não posso voltar para Paris. Não posso me expor novamente por sua causa. Sinto muito. – Ela sacudiu a cabeça, entrando na sala de estar.

Rigo seguiu-a e encostou-a contra a porta.

– Eu fiz o que fiz para proteger a minha família. Para defender vocês duas. E agora você está fugindo como uma covarde.

– Sabe que isso é exatamente o que minha mãe costumava dizer, sempre que fazia algo que tornava minha vida mais difícil – retrucou ela, e o viu reagir como se tivesse levado um tapa na cara.

Rigo fez uma careta.

– Isto não é justo. Você sabe que eu me importo com você e com Anna. – Ele se afastou, dando-lhe algum espaço para respirar. – Preciso de vocês duas comigo em Paris. Ponto-final.

– Se você se preocupasse com nós duas, não nos obrigaria a sair desta propriedade jamais.

– Nicole, ouça. Vou protegê-las da mídia. – Ele lhe tomou as mãos nas suas. – Eu fiz esta promessa e já provei que estava falando sério. Deixe-me protegê-las.

Nicole meneou a cabeça pesarosa.

– Você não pode me usar repetidas vezes para livrar a sua empresa de escândalos e continuar fingindo que coloca a família em primeiro lugar.

Rigo soltou as mãos dela, afastando-se como se tivesse sido queimado.

– Então o que você deseja? Quer se isolar aqui e criar minha filha sozinha nesta casa como uma maldita Rapunzel? Acha que é melhor do que correr o risco de uma foto da menina vazar na imprensa?

Nicole permaneceu em silêncio. Recusando-se a encará-lo.

Rigo meneou a cabeça com determinação.

– Você não está sendo razoável. Espero que seja feliz aqui em sua prisão pessoal.

Ele saiu, deixando Nicole olhando para a porta com uma expressão vazia.

RIGO PERMANECEU em completo silêncio na sala de reuniões enquanto o mundo desabava ao seu redor. Por três dias, sua equipe jurídica trabalhou incessantemente para manter a liminar, mas com a história ganhando repercussão na mídia, era como segurar areia nas mãos. Os *paparazzi* estavam se unindo, exigindo sangue, e a história se espalhou por todo o globo.

Ninguém se importava com o fato de o fotógrafo ter perseguido a esposa e a filha dele. Afinal, o homem se encontrava em uma via pública e, portanto, dentro de seus direitos. O fato de um bilionário ter agredido e danificado um bem de um *paparazzo* era bem mais interessante do que um caso de proteção a uma criança. O incidente iria a julgamento, e os diretores da Fournier já o haviam chamado para uma reunião de emergência.

Abandonariam o barco, e não havia nada que Rigo pudesse fazer para impedir que seu mundo inteiro se desmantelasse.

Se Nicole pelo menos tivesse confiado nele o suficiente, talvez, juntos, pudessem ter influenciado o público a favor deles. Mas em vez disso, ela preferiu se manter escondida.

– Rigo, está ouvindo? – O diretor sênior de seu departamento jurídico o fitava com expectativa, juntamente com o restante dos presentes na sala.

De repente, ele se sentiu cansado demais daquela situação. Todas aquelas pessoas trabalharam incansavelmente para ele, talvez até negligenciando os próprios entes queridos, e tudo isso para quê? Ele havia dedicado os últimos cinco anos ao crescimento da empresa da família, para transformá-la na maior referência de moda da Europa. Englobou inúmeras empresas menores e com cada uma experimentou a mesma adrenalina de quando começou a se interessar pela Fournier. Agora, diante da iminência de o negócio não se concretizar, não sentia nada além de um enorme vazio.

A constatação de que não se importava com mais nada era tão perturbadora, que ele se ergueu e deixou a reunião, ignorando os gritos de preocupação quando fechou a porta e ordenou que o carro o levasse para casa.

O trajeto pelas ruas movimentadas de Paris passou em um borrão. Sua mente estava nebulosa. Sentia-se subjugado. Isso provavelmente se devia ao fato de não ter dormido ou comido direito nos últimos dias, desde que retornara a Paris.

Quando o carro estacionou junto à calçada, ele observou a turma de fotógrafos, ainda acampada do lado de fora do seu prédio. O ataque que vinha sofrendo daquelas bocas ferinas, durante os últimos três dias, o fez perceber que tipo de vida Nicole devia ter vivido. Como Rigo Marchesi, o brilhante presidente, jamais conheceu nada, além de respeito e profissionalismo por parte da imprensa. Mas agora, rotulado como atacante de *paparazzi*, era alvo de ameaças, insultos e o pior daqueles homens e mulheres que o perseguiam dia e noite.

Era uma experiência reveladora.

Ao entrar em seu apartamento, notou de imediato o chapéu azul brilhante sobre a bancada da cozinha. Seu pai estava sentado no sofá, tomando um brandy, e ergueu os olhos ao vê-lo entrar na sala de estar.

– Vim direto para cá, assim que vi o noticiário. – O homem ergueu-se, pegou um segundo copo de brandy e ofereceu ao filho com um meio-sorriso.

– Você não devia estar em algum lugar na Amazônia, neste momento? – Rigo arqueou uma sobrancelha. – Ou será que tio Mario lhe ligou tão logo descobriu que eu cometi um grave erro?

– Mario me ligou. – Amerigo assentiu com a cabeça, olhando para o copo. – Mas estou aqui pelo meu filho, não pelo presidente do Grupo Marchesi. – Ele se sentou, fitando Rigo atentamente. – Antes do casamento, quando foi a última vez que você tirou uns dias de folga?

– Tenho coisas mais importantes para me preocupar no momento.

– Outra aquisição importante? – O homem mais velho meneou a cabeça. – Admiro tudo o que tem feito. Você fez a nossa empresa progredir a níveis que eu jamais sonhei em alcançar. Mas quando será o suficiente?

Rigo olhou para o pai sem compreender.

– Se todo mundo parasse após alcançar certo nível de sucesso, o mundo ficaria estagnado. Acredito no progresso constante.

– Progresso? É isso que você pensa que está fazendo? Porque para mim parece que está correndo no mesmo lugar.

– Pai, venho sofrendo muita pressão nos últimos dias e não estou disposto a ouvir suas provocações.

– Você precisa ser provocado de vez em quando. É tão teimoso quanto a sua mãe... Desde que aquela maldita mulher o enganou, você tem vivido assim. Sempre fugindo da dor.

– Eu segui minha vida em frente. Por que isso é tão difícil de acreditar?

– Porque é mentira. – O pai suspirou. – E quando você se conscientizar disso, talvez consiga superar e compreender que o mais importante é deixar esta confusão para trás e ir desfrutar do restante da sua lua de mel. A empresa sobreviverá à perda da Fournier.

– Não é tão simples assim. – Ele tomou um longo gole da bebida, sentindo o líquido âmbar descer lhe queimando a garganta. – Se eu perder esse negócio, a diretoria vai reagir. Eles já manifestaram insatisfação.

– Filho, se eu pudesse lhe dar uma lição de vida, seria a seguinte: não perca seu tempo valioso se preocupando com o que as pessoas acham que você deve fazer. Viva a sua vida.

As palavras do pai ecoaram em sua mente durante bastante tempo depois que Amerigo partiu, deixando-o sozinho com seus pensamentos. Certa vez, ele sugeriu que Nicole não deixasse a mídia ditar sua vida, e ei-lo ali, fazendo o mesmo. Disse a ela para confiar nele, que iria protegê-la de seus medos. E, no entanto, no momento em que as coisas se complicaram, pediu para ela se atirar embaixo de um ônibus pelo bem da sua empresa.

Tratou-a do mesmo modo que a mãe dela fizera, durante todos aqueles anos, e a constatação, de repente, causou-lhe náuseas.

ENQUANTO O carro trafegava lentamente pelas ruas de Paris, Nicole se perguntou, pela milionésima vez, se estava fazendo o certo. Assim que soube que o julgamento do caso seria naquele dia, percebeu que não podia permanecer ausente por mais tempo. Precisava tentar fazer alguma coisa.

Saiu do carro, olhou para a escada do tribunal e viu Rigo em pé no topo dos degraus, terminando de dar uma declaração à imprensa. Instantes depois, foi deixado sozinho, quando as câmeras se viraram para entrevistar a equipe da promotoria, que havia acabado de sair do prédio.

Nicole sentiu um aperto no peito quando Rigo se virou e a avistou. De repente, ela perdeu um pouco da coragem. Ele caminhou na sua direção com o rosto tenso, olhando para os cinegrafistas, que ainda não tinham percebido a sua presença.

– Que diabos faz aqui? – perguntou ele em um tom áspero. – Volte para o carro *agora*, antes que eles a vejam.

– Estou aqui para dar o meu testemunho – respondeu Nicole. – Para ficar ao seu lado.

– Está tudo terminado. – Rigo exalou a ar com força. – Fiz um acordo e o caso foi encerrado. Se você tivesse me dito que viria eu teria lhe dito para ficar exatamente onde estava.

– Na minha prisão? – perguntou ela em voz baixa.

– Eu estava furioso quando lhe disse aquelas palavras.

Rigo segurou a mão dela, fitando-a com tanta sinceridade que Nicole temeu que seu coração fosse explodir.

– Não, você estava certo. Não posso viver minha vida fugindo e me escondendo dessas pessoas ou jamais me farei ouvir. Não posso ensinar minha filha a ter medo.

– Quando eu disse aquelas palavras só estava pensando em mim mesmo. Tenho vivido sob um microscópio estes dias e isso já estava quase me levando à loucura. Mas foram os meus atos que nos meteram nesta confusão e eu vou enfrentá-la sozinho.

– Não estou aqui só por você, Rigo. Estou aqui por mim, também. Para provar a mim mesma que sou forte o suficiente para proteger a minha filha.

– Você *é* forte o suficiente, Nicole. Você é a mulher mais forte que eu já conheci.

Um cinegrafista virou-se, percebeu o que estava perdendo e logo todo o acampamento da imprensa começou a descer na direção dos dois.

– Última chance – avisou Rigo, seus dedos segurando-a pelo braço com um aperto férreo, como se quisesse levá-la para longe da multidão.

Nicole encarou-o, com uma expressão séria.

– Não vou fugir mais.

A multidão de câmeras e microfones rodeou-os com um zumbido frenético.

Um jornalista de um respeitável jornal desferiu o primeiro golpe.

– Nicole, o que tem a dizer sobre as alegações de que seu casamento é uma farsa?

Ela respirou fundo, lembrando o discurso que havia preparado e memorizado durante a viagem de avião. Por uma fração de segundo, teve a impressão de que as palavras nadavam em sua cabeça, querendo se afastar do seu alcance, antes de ela endireitar os ombros e segurá-las com ambas as mãos.

– Casamento é um assunto pessoal que só diz respeito a mim e ao meu marido – começou. – E o fato de nós dois termos cortejado a mídia anteriormente, não quer dizer que devemos expor nossas vidas particulares.

– O que tem a dizer sobre o ataque feroz do seu marido a um jornalista?

– Meu marido agiu por instinto, para proteger a mim e a minha filha do assédio de um estranho. Vou lhe fazer uma pergunta: em que mundo é certo um homem perseguir uma mulher sozinha e um bebê inocente para fins de entretenimento? Será que sua profissão lhe dá o direito de ignorar a segurança das pessoas incapazes de se protegerem? Até minha filha ter idade suficiente para fazer as próprias escolhas sozinha, eu defenderei o seu direito à privacidade.

CAPÍTULO 10

RIGO FICOU admirado com a mulher forte e segura que se encontrava nos degraus do tribunal. Nicole parecia ter a mídia na palma da mão. O que havia começado como uma simples declaração à imprensa, de alguma forma terminou em uma humilhação pública dos *paparazzi* e sua falta de cuidado e desrespeito às crianças.

Podia ver a esposa se transformando diante de seus olhos. A jovem cordata, que vivia de acordo com o que os outros queriam, desapareceu e, em seu lugar, surgiu aquela mulher ardente, preparada e pronta para enfrentar os que ousassem se opôr a ela.

Quando Nicole terminou de falar, uma multidão de espectadores irrompeu em aplausos, e, em seguida, a imprensa começou a fazer mais perguntas, uma após a outra.

Rigo fez um sinal para seus seguranças se aproximarem, enquanto ele afastava a esposa do local.

– Acho que foi a coisa mais aterrorizante e emocionante que já fiz na minha vida. – Ela sorriu enquanto caminhavam em direção à rua. – Sinto-me como se pudesse conquistar o mundo. – Seu sorriso desvaneceu quando ele abriu a porta da limusine. – Não vou com você, Rigo. Vim direto do aeroporto – disse ela em voz baixa, apontando para o carro estacionado logo atrás deles. – Vou voltar para a Toscana o mais depressa possível.

– Precisamos conversar, Nicole. Por favor, venha até o apartamento comigo.

Ela balançou a cabeça com uma negativa.

– Não temos mais nada a dizer.

– Nicole...

Rigo lutou contra a estranha sensação de aperto no peito. Estava tentando lhe dizer o quanto se sentia orgulhoso dela. Que era uma sorte tê-la ao seu lado. Mas as palavras não saíam, então em vez disso se inclinou para a frente e capturou-lhe os lábios com os seus. Erguendo as mãos, afundou-as na massa de cabelo sedoso, não se importando com as pessoas ao redor. Beijou-a profundamente, tentando em vão lhe mostrar o quanto ela significava para ele.

Quando o beijo findou, ela estava ofegante, e o peito dele mais apertado que nunca.

– Rigo – murmurou ela, se afastando.

Com a respiração presa na garganta, ele a encarou, percebendo que Nicole travava uma luta consigo mesma, mas quando ela ergueu o olhar e o fitou com uma expressão solene, ele sabia que a resposta seria não, mesmo antes de vê-la se virar e caminhar para o carro.

ENQUANTO O piloto fazia as últimas verificações na aeronave, Nicole acomodou-se em seu assento e olhou pela janela com um olhar vazio. Devia ter acompanhado Rigo e se afogado em seus beijos. Iriam até o apartamento, sob o pretexto de conversarem, e acabariam direto na cama.

Mordeu o lábio, engolindo o nó na garganta que não aliviou, desde que ela se afastou dele do lado de fora do tribunal.

Havia confessado que o amava e ele deixou bem claro que não sentia o mesmo. Rigo se preocupava com ela. Era evidente. Mas não podia continuar em um relacionamento no qual era a única com ambos os pés no barco. Vê-lo partir na Toscana partiu seu coração mais uma vez, e sabia que não podia ficar andando em círculos, quando a única a sair ferida seria ela.

De repente, ela ouviu uma confusão na porta do avião e a escada foi estendida até a pista mais uma vez. Passos firmes subiram os degraus e Rigo surgiu na entrada.

– O que faz aqui? – Ela soltou o cinto de segurança e se ergueu, encarando-o na cabine brilhante. A aeromoça tratou de se afastar, conferindo-lhes privacidade.

Rigo adiantou-se, seus olhos escuros exibiam uma emoção desconhecida. Pela primeira vez, Nicole notou olheiras sob os olhos dele e o modo como a mandíbula estava recoberta de pelos escuros.

– Eu não devia ter beijado você daquela maneira. – A voz grave soou carregada de emoção, enquanto ele lutava para recuperar o fôlego.

Nicole cruzou os braços.

– Não, você não devia.

– Não sei o que há de errado comigo. É como se eu continuasse dizendo ou fazendo a coisa errada com você. Uma vez após a outra.

Nicole mordeu o lábio, desejando que ele fosse embora para que não se sentisse tentada a esquecer por que havia partido.

– Não há necessidade de dizer nada. Eu lhe disse para partir e viver sua vida.

– Esse é o problema, Nicole. – Ele meneou a cabeça. – Não quero estar em outro lugar, quero estar aqui com você.

O ar na cabine pareceu ficar denso em torno deles.

Rigo continuou, observando-a atentamente.

– Aquele dia com o fotógrafo, quando saí e a vi aterrorizada e sangrando, juro que senti algo se avolumar dentro do meu peito e me sufocar. Sou um homem adulto, e ainda assim fiquei assustado, sentindo-me totalmente desamparado. Você me disse para amá-la ou deixá-la, Nicole. Mas o que eu não havia percebido é que estava tentando não me apaixonar por você, desde o momento em que a vi pela primeira vez.

– Eu estava falando sério quando disse que não me contentaria com um relacionamento pela metade... – Nicole respirou fundo, sua mente flutuava sob o efeito daquele olhar intenso.

Ele diminuiu a distância que os separava, tomou-lhe as mãos e forçou-a a encará-lo.

– Eu também quero um relacionamento completo.

Aquele era um lado de Rigo que ela desconhecia. Ele estava se desnudando, dizendo-lhe as palavras que ela sempre sonhou ouvir. Nicole não ousou falar, temendo quebrar a magia.

– Fui um completo idiota em pensar que não seria capaz de voltar a amar após meu relacionamento com Lydia. A verdade é que eu estava me protegendo para não ser ferido outra vez. – Ele balançou a cabeça. – Sei que não mereço, depois de tudo o que fiz, mas não podia deixá-la entrar neste avião e voar para longe, sem ter uma chance, mesmo correndo o risco de ser rejeitado. Quero ser seu marido, Nicole, no sentido amplo da palavra. Deixe-me amá-la como merece ser amada.

– Está dizendo que me ama? – Nicole respirou fundo, com o coração acelerado.

– *Tesoro*, eu a amo desde o momento em que coloquei aquela aliança em seu dedo e a tornei minha esposa. Apenas fui muito tolo e teimoso para perceber.

Nicole fitou-o nos olhos. Não conseguia pensar em uma única coisa coerente para dizer. Então passou os braços ao redor do pescoço dele e o beijou com toda a paixão que tinha para lhe oferecer.

RIGO SENTIU os lábios de Nicole tocarem os seus e teve a impressão que seu coração ia explodir ali mesmo. Ergueu-a do chão, beijando-a com todo o seu amor. Era tão bom tê-la nos braços. Como podia ter pensado que seria feliz sem aquela mulher em sua vida?

O pensamento de como a ferira tantas vezes o fez sentir um frio na barriga. Afastou-se e colocou-a no chão, sorrindo enquanto ela gemia em protesto.

– Nicole, sei que errei muitas vezes para você confiar em mim, mas quero fazer tudo certo agora. Se me der uma chance, prometo que jamais a deixarei outra vez, enquanto eu respirar. – Ele encostou a testa à dela. – Quero passar mais tempo com minha família e parar de me dedicar tanto ao trabalho.

– Você faria isso por nós?

– Por nós três – disse sincero. – Não quero ficar longe da minha família mais tempo do que o necessário.

– Nem mesmo se eu deixar minhas roupas íntimas espalhadas por todo o chão do quarto? – provocou ela, erguendo uma sobrancelha.

– Não. Em especial essas peças. – Ele sorriu. – Eu a amo, Nicole. Muito.

– Acho que nunca me cansarei de ouvi-lo dizer estas palavras. – Ela o enlaçou pelo pescoço e aninhou o rosto em seu colarinho.

EPÍLOGO

– Estou sentindo dificuldade para me acostumar a ver meu marido dirigindo o próprio carro. – Nicole sorriu, pousando a mão no antebraço de Rigo, enquanto ele guiava o SUV, contornando outra curva fechada na estreita estrada francesa.

– Talvez eu esteja levando o conceito de motorista de fim semana ao pé da letra. – Rigo apontou para o velocímetro no painel digital. – Preferi comodidade à velocidade, visto que uma Ferrari não era opção.

Ele sorriu e olhou por sobre o ombro.

Nicole seguiu seu olhar para onde Anna dormia tranquila em seu assento infantil. Como havia passado um ano inteiro desde que ela pôs os olhos pela primeira vez em seu bebê? Quando recordava aquele dia no hospital, segurando a mãozinha da filha e se perguntando se Rigo fazia ideia de que acabara de se tornar pai...

Jamais em seus sonhos mais loucos podia imaginar que estaria sentada ao lado dele, no primeiro aniversário da filha, casada e planejando uma vida longa e feliz juntos.

O objeto de seus pensamentos pousou a mão sobre sua coxa, arrancando-a do devaneio feliz.

– Você ainda reconhece a estrada? – Ele ergueu uma sobrancelha, com um sorriso malicioso nos lábios.

Nicole meneou a cabeça e olhou para fora da janela, tentando em vão avistar qualquer detalhe familiar. Estavam vindo de Paris, e durante a primeira metade da viagem sua atenção foi toda monopolizada por Anna, logo não fazia ideia de onde se encontravam.

Rigo apontou para estrada à frente, onde havia uma placa ao longe. Nicole estreitou os olhos, tentando enxergar as letras pretas. De repente, sua respiração ficou presa na garganta. Os olhos se viraram depressa para o rosto do marido, antes de voar de volta à estrada, quando uma pequena cidade surgiu no seu raio de visão.

– Você me trouxe para L'Annique? – murmurou. – Ah, Rigo...

– Pensei que seria uma boa tradição passar o aniversário de Anna aqui todos os anos.

Nicole lutou contra a crescente onda de emoção no peito ao passarem pela pequena capela, no alto da colina, e seus olhos se depararem com o lugar onde havia experimentado, pela primeira vez, a sensação de normalidade. La Petite era a propriedade rural em que começou a ser ela mesma, onde deixou de lado o fingimento de sua antiga vida e embarcou em uma nova aventura.

– Rigo Marchesi, você é um verdadeiro romântico, sabia? – Ela sorriu, segurou a mão dele e levou-a ao rosto, sentindo um amor infinito pelo homem poderoso ao seu lado. – Podemos almoçar no café de Madame Laurent. Não é nada especial, mas eu costumava comer lá com frequência.

– Na verdade, eu tenho outra ideia em mente.

Rigo contornou uma curva e pegou um caminho que ela conhecia muito bem. A última vez que Nicole viu aquela alameda, o lugar estava repleto de *paparazzi*, mas naquele dia felizmente estava vazia, ladeada por belas flores silvestres de verão. O portão e o familiar telhado azul-cinzento de sua casa alugada surgiram logo à frente.

Nicole lutou contra o impulso de pular de felicidade, quando Rigo entrou no pátio e estacionou o carro. Ambos saíram para o sol glorioso e o cheiro familiar de grama recém-cortada. O local era como um bálsamo benigno para a sua alma, lembrando-a de que foi a primeira escolha que fez, no sentido de se tornar a mulher que era agora.

Caminhou até a pequena fonte no gramado e correu os dedos ao longo da pedra envelhecida.

– Não sei se a proprietária gostará de saber que invadimos a residência, mas estou feliz por você ter me trazido aqui. Obrigada, *amore* – sussurrou ela, voltando para lhe depositar um beijo nos lábios.

– Ah, tenho certeza que a proprietária não vai se importar – disse Rigo, voltando-se para olhar pela janela do carro. – Parece que ela está dormindo no momento, mas você pode lhe perguntar assim que ela acordar.

O cérebro de Nicole levou alguns instantes para processar aquelas palavras. Em seguida, ela o encarou, incrédula.

– A proprietária é Anna? Espere... você *comprou* a propriedade?

Rigo assentiu uma vez, apontando para a grande construção antiga.

– É uma espécie de presente de aniversário para minha filha. – Ele sorriu. – Pensei que poderia ser nosso refúgio de fim de semana. Um lugar em que possamos ficar sozinhos. Sem governantas ou motoristas. Talvez seja um pouco extravagante para um primeiro aniversário, mas...

– É perfeito! – Nicole meneou a cabeça, sentindo as lágrimas de felicidades, por trás das pálpebras, ameaçarem rolar. Engolindo em seco, enlaçou-o pelo pescoço. Seus olhos pareciam tão encantadoramente azuis à luz do sol que ela quase esqueceu o que queria dizer.

Rigo aproveitou seu silêncio como uma oportunidade para continuar.

– Lembrei de como falava com carinho deste lugar e de todas as lembranças dos momentos que vocês duas viveram aqui. – A voz dele falhou e o rosto assumiu uma estranha expressão. – Eu queria que fosse seu outra vez, mesmo que isso me faça lembrar do tempo em que ambas passaram juntas aqui sem mim. Um tempo do qual não me orgulho.

– Rigo, você sempre fez parte deste lugar. – Nicole suspirou, dando um passo atrás e olhando para a pitoresca fachada caiada de branco de sua antiga casa. – Nunca passei um dia aqui sem pensar em você, ou falar com Anna sobre o *papá* dela. Sempre tive a intenção de um dia lhe contar sobre você.

Ele deu um passo na sua direção, tomando seu rosto entre as mãos.

– Odeio pensar em você aqui sozinha e me amaldiçoo por ter sido um tolo teimoso.

Nicole fitou os olhos preocupados do homem que ela amava de todo o coração. Sabia que ele ainda se culpava por não ter participado dos primeiros meses de vida da filha.

– Rigo, o passado serviu para pavimentar o caminho para o nosso futuro. Olhe para o que temos agora, olhe para a família que construímos juntos. Eu, pelo menos, não mudaria uma única coisa.

Rigo sentiu aquelas palavras aliviarem o aperto que sentia no peito. O olhar de puro amor no rosto de Nicole o fez segurá-la ainda mais apertado quando a beijou. Aquele talvez fosse um dos mil beijos que haviam compartilhado, desde que se tornaram marido e mulher, e mesmo assim parecia diferente. Com o beijo os últimos resquícios do passado desapareceram, deixando em seu rastro apenas aquele momento glorioso. Nicole era sua, e sempre foi, desde o momento em que a tirou para dançar naquele salão.

Ele interrompeu o beijo e olhou para trás para a porta do carro aberta, quando um balbuciar familiar quebrou a tranquilidade do lugar. Com alguns passos, inclinou-se para retirar a filha do assento e com um movimento hábil colocou um pequeno chapéu de sol em sua cabeça minúscula. Anna sorriu, com as bochechas rosadas do sono. Ele jamais imaginou se sentir tão bem segurando a filha nos braços. Jamais pensou que desejaria passar cada minuto de todos os dias ao seu lado.

Mas quando cedeu àquele amor avassalador, seus instintos paternos naturais surgiram logo em seguida.

– Feliz aniversário, *piccolina*.

Rigo deu um beijo na bochecha de Anna e envolveu a esposa com o outro braço. Todo aquele tempo que passou tentando conquistar o mundo da sua sala de diretoria não significava nada, comparado à sensação de ter seu mundo inteiro nos braços, naquele momento.

– *Cent'anni!* – murmurou ele às duas.

HARLEQUIN
Paixão
GLAMOUR

PRÓXIMO LANÇAMENTO

NÚPCIAS DE VINGANÇA

Sara Craven

– *Monsieur*, não sei se aguentaria nem mesmo um mês convivendo diariamente com você. – E tomou fôlego para tentar se acalmar. – Não concordaria mesmo com nenhuma outra possibilidade para... para recuperar Monteagle?

– Você é de uma franqueza brutal – comentou Marc. – Sendo assim, também serei franco. Minha resposta é não, não concordaria com nada além do que já propus. Quero a casa, e você dentro ela. Ou você pode ficar com sua... liberdade. A escolha é sua.

Ela passava os dedos nervosos na faixa do vestido.

– Eu... Eu darei a resposta amanhã.

Marc olhou para o relógio.

– Já é amanhã. Seu tempo está acabando, *ma belle*.

Helen reagiu, subitamente inflamada.

– Eu gostaria que você parasse de me chamar assim. Pare de fingir que sou bonita!

Ele a observou por um instante, os olhos semicerrados.

– Por que você se subestima tanto?

– Porque sou realista. – Ela bebeu o último gole do conhaque. – Eu amava Nigel e ele escolheu outra pessoa. Uma mulher bonita. – Helen fez uma pausa. – Não tive a chance de vê-la no restaurante, mas creio que seja... bonita.

– O olhar dela o desafiava. – Dizem que você é um especialista no assunto, *monsieur* Delaroche. O que acha, agora que a viu outra vez?

Ele ficou em silêncio por um momento, então deu de ombros.

– Ela tem seus encantos. E deve ser uma fera na cama – acrescentou irônico. – Era isso o que queria ouvir? – falou usando de um pouco mais de delicadeza.

– Não tenha pena de mim – Helen falou com a voz levemente arrastada.

– Hélène, acho que você já bebeu conhaque demais.

– Discordo. – Ela segurou o copo com firmeza. – Na verdade, gostaria de mais, muito mais, se não se importar.

Marc levantou a garrafa.

– Como quiser. Mas ele é bom demais para ser usado como anestésico, *m'amie*.

Helen sentiu-se subitamente quente, a cabeça rodava.

– Talvez eu queira mesmo ficar... bêbada.

– Acho que você vai conseguir atingir seu objetivo mais rápido do que imagina – disse Marc sem nenhuma emoção.

Ela levantou o copo para fazer um brinde.

– Saúde, *monsieur* – Helen falou com cuidado, e riu, antes de beber mais um gole.

– *Salut, petite*. – A voz dele parecia muito próxima agora.

Ela notou que o copo lhe foi tirado da mão com cuidado. E, de repente, estava encostada no corpo dele, o queixo apoiado no ombro forte.

Helen sabia que deveria resistir, e rápido, mas os sentidos estavam embriagados pelo aroma viril. Uma estranha fraqueza pareceu invadi-la.

De repente, ela também percebeu que uma das mãos de Marc se enfiava sob o longo cabelo, em uma carícia gentil e ritmada. Ficou surpresa com tanta ternura. Naquele momento, sentiu como se ele fosse a única rocha protetora que lhe sobrara em um oceano de desolação.

Mas sabia que aquilo não era verdade. Ele era o inimigo.

Helen se afastou de súbito, tentando se libertar. Mas os braços que a sustentavam eram muito fortes e a mão que lhe acariciava o cabelo fazia movimentos quase hipnóticos, descendo pela nuca e chegando aos ombros.

– Fique calma, Hélène. – A voz era doce. – E feche os olhos. Não precisa ter medo. Eu juro.

E, de repente, parecia mais simples acreditar e obedecê-lo. Era quase imperativo se deixar conduzir em vez de lutar. E ceder ao ritmo do próprio coração, que batia em compasso com o dele.

Lançamentos do mês:

PAIXÃO 482 – ATRAÇÃO INESPERADA – ANNE MATHER

Abby daria qualquer coisa para se tornar amante de Luke Morelli, mas sabia que o romance era proibido. Afinal, ela era casada. Cinco anos depois, Luke está de volta, determinado a fazê-la pagar por suas mentiras e traições!

PAIXÃO GLAMOUR 14 – NÚPCIAS DE VINGANÇA – SARA CRAVEN

Helen jurou fazer o que fosse preciso para manter a propriedade da família. Porém, não imaginava que precisaria ir tão longe. Para salvar sua herança, ela terá de se casar com o arrogante – e muito sensual – Marc Delaroche.

PAIXÃO AUDÁCIA 14 – DESEJO PROFUNDO – MAISEY YATES

Minissérie – Amores Inesperados 2/3

O fim do noivado do príncipe Raphael DeSantis virou um escândalo internacional. Mas, para Bailey Harper, foi ainda mais surpreendente. Ao ler nos jornais que o ex-amante é um membro da realeza, ela percebe que carrega no ventre um herdeiro ao trono!

PAIXÃO ESPECIAL 005 – IRMÃOS E RIVAIS – MAYA BLAKE

Acordo impulsivo

Quando a atração que sente por sua nova funcionária se torna incontrolável, Alejandro Aguilar decide demiti-la! Afinal, é incapaz de confiar em alguém. Contudo, logo percebe que Elise Jameson é a mulher com a qual sempre sonhou. Mas será que ele está disposto a se entregar por completo?

Uma noite de prazer

Gael Aguilar tinha duas regras para relacionamentos: um limite de seis semanas, e não há segundas chances. Mas a aspirante a atriz Goldie Beckett acabou quebrando ambas. Afinal, noite que tiveram foi inesquecível... e resultou em consequências mais do que surpreendentes!

Próximos lançamentos:

PAIXÃO 483 – DOCE TRAIÇÃO – MAYA BLAKE

A tímida Carla Nardozzi entregou sua inocência para Javier Santino em uma noite de total rendição. Na manhã seguinte, ela fugiu, sem saber que essa rejeição marcara Javier profundamente.

PAIXÃO ARDENTE 15 – SEGREDO PRECIOSO – KATE HEWITT

Minissérie – *Herdeiros Secretos 3/5*

Alekos Demetriou proporcionou a Iolanthe sua primeira e única noite de prazer. Porém, ao descobrir que ela era filha de seu inimigo, Alekos a rejeitou… antes que Iolanthe pudesse contar que estava grávida!

PAIXÃO GLAMOUR 15 – DESCOBRINDO A PAIXÃO – MICHELLE CELMER

Nick ficou hipnotizado por sua assistente. E o que ele mais deseja é possuí-la outra vez. Porém, Nick teme estragar o único relacionamento que significa algo em sua vida Até Zoe revelar um surpreendente segredo!

PAIXÃO AUDÁCIA 15 – FONTE DE AMOR – MAISEY YATES

Minissérie – Amores Inesperados 3/3

Após um divórcio difícil, ter um filho com a mulher contratada para ser barriga de aluguel de sua ex é um escândalo que o bilionário Renzo Valenti não pode permitir. E sua única escolha é convencer a irresistível Ester a ser sua esposa!